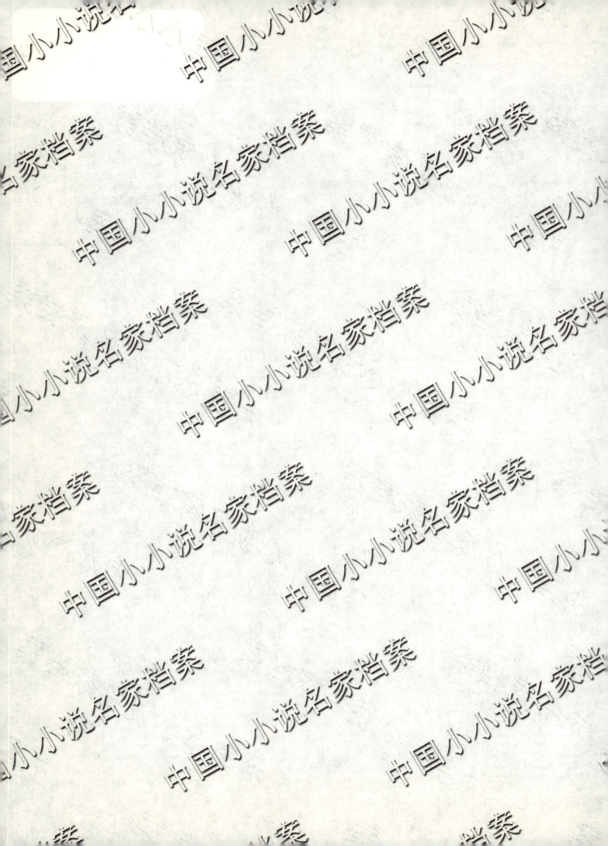

中国小小说名家档案

ZHONGGUO XIAOXIAOSHUO MINGJIA DANGAN

# 故乡的云朵

杨崇德◎著

吉林出版集团股份有限公司

总 策 划：尚振山

策划编辑：东　方

责任编辑：张晓华　韩　笑

封面设计：三棵树

版式设计：麒麟书香

图书在版编目（CIP）数据

　　故乡的云朵/杨崇德著 . 一长春：吉林出版集团

股份有限公司，2010.4

（中国小小说名家档案）

　　ISBN 978 – 7 – 5463 – 2854 – 6

　　Ⅰ.①故…　Ⅱ.①杨…　Ⅲ.①小小说 – 作品集 –

中国 – 当代　Ⅳ.①I247.8

　　中国版本图书馆 CIP 数据核字（2010）第 069685 号

书　　名：故乡的云朵

著　　者：杨崇德

开　　本：710 mm × 1092 mm　1/16

印　　张：16

版　　次：2010 年 5 月第 1 版

印　　次：2017 年 6 月第 2 次印刷

出　　版：吉林出版集团股份有限公司

发　　行：北京吉版图书有限责任公司

地　　址：北京市西城区椿树园 15–18 号底商 A222

　　　　　邮编：100052

电　　话：总编办：010-63109269

　　　　　发行部：010-63104979

印　　刷：北京一鑫印务有限责任公司

书　　号：ISBN 978 – 7 – 5463 – 2854 – 6

定　　价：32.00 元

# 一种文体和一个作家群体的崛起

## ——《中国小小说名家档案》序

最近几年，由于工作的关系，我开始接触并关注小小说文体和小小说作家作品。在我的印象中，小小说是一种非常古老的文体，它的源起可以追溯到《山海经》《世说新语》《搜神记》等古代典籍。可我又觉得，小小说更是一种年轻的文体，它从上世纪80年代发轫，历经90年代的探索、新世纪的发展，再到近几年的渐趋成熟，这个过程正好与我国改革开放的30年同步。我觉得这是一个非常有意义和非常有意思的文化现象，而且这种现象昭示着小说繁荣的又一个独特景观正在向我们走来。

首先，小小说是一种顺应历史潮流、符合读者需要、很有大众亲和力的文体。它篇幅短小，制式灵活，内容上贴近现实、贴近生活、贴近群众，有着非常鲜明的时代气息，所以为广大读者喜闻乐见。因此，历经20年已枝繁叶茂的小小说，也被国内外文学评论家当做"话题"和"现象"列为研究课题。

其次，小小说有着自己不可替代的艺术魅力。小小说最大的特点是"小"，因此有人称之为"螺丝壳里做道场"，也有人称之为"戴着镣铐的舞蹈"，这些说法都集中体现了小小说的艺术特点，在于以滴水见太阳，以平常映照博大，以最小的篇幅容纳最大的思想，给阅读者认识社会、认识自然、认识他人、认识自我提供另一种可能。

还有非常重要的一点，小小说文体之所以能够迅速崛起，离不开文坛有识之士的推波助澜，离不开广大报刊的倡导规范，离不开编辑家的悉心栽培和评论家的批评关注，也离不开成千上万作家们的辛勤耕耘和至少两代读者的喜爱与支持。正因为有方方面面的共同努力形成"合力"，小小说才得以在夹缝中求生存、在逆境中谋发展。

特别是2005年以来，小小说领域举办了很多有影响力的活动，出版了不少"两个效益"俱佳的图书，也推出了一批有代表性的作家和标志性的作品。今年3月初，中国作家协会出台了最新修订的《鲁迅文学奖评奖条例》，正式明确小小说文体将以文集的形式纳入第五届鲁迅文学奖短篇小说奖的评奖。而且更有一件值得我们为小小说兴旺发展前景期待的事：在迅速崛起的新媒体业态中，小小说已开始在"手机阅读"的洪潮中担当着极为重要的"源头活水"，这一点的未来景况也许我们谁也无法想象出来。总之，小小说的前景充满了光耀。

在这样的历史背景下，《中国小小说名家档案》的出版就显得别有意义。这套书阵容强大，内容丰富，风格多样，由100个当代小小说作家一人一册的单行本组成，不愧为一个以"打造文体、推崇作家、推出精品"为宗旨的小小说系统工程。我相信它的出版对于激励小小说作家的创作，推动小小说创作的进步；对于促进小小说文体的推广和传播，引导小小说作家、作品走向市场；对于丰富广大文学读者特别是青少年读者的人文精神世界，提升文学素养，提高写作能力；对于进一步繁荣社会主义文化市场，弘扬社会主义先进文化有着不可估量的积极作用。

最后，希望通过广大作家、编辑家、评论家和出版家的不断努力，中国文坛能出更多的小小说名家、大家，出更多的小小说经典作品，出更多受市场欢迎的小小说作品集。让我们一起期待一种文体和一个作家群体的崛起！


中国作家协会党组成员、书记处书记

中国作家协会副主席

中国作家出版集团管委会主任

何建明

# 目 录

## ■ 作 品 荟 萃

## ■ 作品评论

## ▌创作心得

## ▌创作年表

# 担子

一场雨下来，灰尘被冲得无影无踪。弯弯曲曲的山道里尽是些裸露的石子。雨后的山间，空气格外清新。偶尔几声鸟鸣，让人好不惬意。弯陡的羊肠道上，两双鞋在衡量：草鞋在前，皮鞋在后。草鞋被磨得很薄，后跟有些儿破损；皮鞋亮锃锃的，很是晃眼。

六十多度的斜山坡上，草鞋迈得和皮鞋一样艰难。两只大提包和两条蛇皮袋所构成的"吱嘎"担子，将驼背草鞋人压得气喘吁吁。

"爸——我来挑一程吧！"跟在后面的皮鞋人喘着粗气说道。

"我顶得住。"草鞋人汗流满面。

皮鞋的位移在陡道上逐渐变小。那张蜗牛背驮着那副"吱嘎"担子在使劲往上爬。

"叭——"担子散落成四个包，包顺了路道一直滚到皮鞋边。

草鞋人跌进了杂草丛中。

"爸！怎么了？怎么了？"皮鞋飞爬上来。草鞋人艰难地爬出草丛，立在道上，脚杆上露出一道血口。草鞋人很乐观，话中带笑。

"爸，还是我来挑一程吧！"皮鞋人抢着担子说。

"刚才草鞋不小心挂到了路边的树根，不碍事的，我还能挑。"草鞋人持着担儿坚决不让。

在"吱嘎吱嘎"的重担声中，草鞋人问了很多城里的事，并在为人做官的事情上千嘱万咐。皮鞋人回答得满头大汗。

"爸，我来挑吧，你已经挑了一个多钟头了。"皮鞋人双手抢着担子，乞求说。

"下了这道坡，就是马家溪了，到那儿你再挑吧！"草鞋人移动着带血的草鞋，撂出一这串话。

两个人的队伍来到马家溪枫亭口。这是路人在马家溪地段走村过户的起点。草鞋人将担子迅速压在了皮鞋人肩上，自己则在后面横了衣襟擦汗，而后又摆一副悠闲的样儿。

皮鞋和草鞋在马家溪大院中间移动着。

马家溪的村民个个眼红，纷纷夸道：满福爷，您可真有福气哟，养了个好儿，城里能当官，乡里能挑担……

草鞋人心里像灌了蜜。草鞋人将早已从皮鞋人衣袋里掏出的翻盖烟，隔了老远一根一根甩过去。夸奖的人们就纷纷伸出手，迎接草鞋人甩过来的烟。

走过马家溪，又是一段漫长山路。当马家溪最后一户人家消失在眼帘时，草鞋人急忙冲到皮鞋人身边，毫不含糊地要求皮鞋人将担子交给他。

皮鞋人企图再挑一程。草鞋人说，算了算了，这哪是你城里人挑的事，快快放下，千万别弄脏了衣服，城里人应该斯文些，不要像乡下人，半个钟头后，就到罗家冲了，过罗家冲院子时，你再挑吧！

草鞋人夺过担子，驼背前行。

望着草鞋人负担的背影，皮鞋人心里在流泪。

# 故乡的云朵

　　一场雨落下来，老鸦冲变得愈加阴沉。满山云雾，升腾在树尖，大小山峰酷似刚出笼的包子。湿漉漉的树叶浑身挂满了水珠，静寂地浸在初冬的寒气里。

　　天豹的解放鞋挤进了水，走起路来扑嗤扑嗤响。母牛在树林里摇落了一路水珠，背上的毛黏乎乎的，还贴了几片枯叶。天豹弯着腰，用屁股将背上的柴垛向上耸了耸，右手拧着的索儿便伸长了一大截。天豹直起腰，手扬竹枝朝母牛屁股上猛抽下去，训着：嗨！死×，生大了是不？天豹嘴里的"死×"就在母牛屁股眼上。天豹那一竹枝抽下去，正好打在那儿。母牛挨了痛，揣着圆鼓鼓的肚向前小跑了几步。

　　天豹的母牛就是这性格。刚挨了一竹枝，小跑几步，便又恢复了稳健的步子。一条不是很长的山路，被牛踩到了黄昏。细雨绵绵的初冬，山村早已融入暮色之中。几户人家的灯泛着疲乏的光。不知是哪家的狗在院里狂叫，也许是来客人了吧。天豹家没牛棚。天豹的母牛和句句的小骚牯很友好，句句的牛棚大，便于放牧，天豹的母牛就一直关在句句的牛棚里。句句的小骚牯去年摔死在山沟，牛去棚空。天豹的母牛照样还关在句句的牛棚里。句句非但不提这事，还给天豹盛了两碗牛杂。这让天豹无比感动。农耕时节，只要天豹的牛歇着，句句开个腔，随时可以牵它耕作。天豹住村东，句句住村西，中间隔了十几户人家。村子依山而立。村子脚下是一叠一叠牛屎般的稻田。天豹摇摆在屋脚下的田埂上，将背上的柴垛放在岔道口，跟了他的牛往句句家走。

　　关牛的时候，天豹看见句句在灯下喝米酒。句句说，这么晚才归屋？喝一杯么？天豹在牛棚门口砰砰砰地捶木闩。牛棚的门算不上是门，两根木块横着，一头穿了个洞，只须把穿洞的木闩捶牢，就算关牢了。天豹正在那一门心思捶木闩，没听见句句的话。句句家的端了饭碗，从灶屋里走出来说，你跟天豹这么说话，是对牛弹琴，这个天豹聋得很！这一点，句句家的最清楚。句句家的几次看见天豹老婆梅子骂天豹就像训儿子一样，天豹一点不生气。天豹听不见。天豹也不想听见。就天豹那身子，他听见了又咋样？他搞得过梅子么？句句家的就代句句大声朝天豹喊：天豹，你这个聋子，句句喊你过来喝酒！这回，天豹听见了。天豹露着牙床笑眯眯地走过来，问：呷什么好菜？句句的餐桌上摆了个青花瓷碗，碗里躺着几条食指大的鱼。句句家的要去拿碗筷。天豹说，算了，算了，我家的饭也该熟了，梅子正等着我呢！句句给天豹夹了条小鱼。天豹忙用手在衣角上擦了擦，伸过去接，然后放进嘴里，一脸笑意。天豹拍了拍手，很满足地嚼着那条鱼，最后挤出一句话：好吃，好吃，多谢了，多谢了！句句说，真的不喝一杯？天豹说，不了，下次有空到我家喝，我要梅子烧一把狗肉吃。

　　天豹低着头在院子中间滑行。天豹忘了田埂岔道上摆放的那捆柴垛。家里的鸡已经进笼了，它们在鸡圈里唧唧地叫，这叫声让人体会到了冬天的温暖。中堂门半开着，里面的灯没亮。天豹侧了身进去，脚步很轻细。用不着开灯，天豹熟悉屋里的每个角落，哪儿有坑，哪儿有石，他一清二楚。天豹摸进灶屋，灶屋的灯亮着，里面有股饭菜味。梅子呢？小刚呢？这时候了，都窜哪去了？天豹在心里骂。天豹这时候倒不是想吃饭，他想洗个澡。全身湿巴巴的。天豹很自然地就推开了他的房门。房里的灯黑着，梅子在里面叫了一声：你这个鬼打的，吓我一跳！天豹说，在房里懒着，灯也不开。梅子抱着身子像风一样走出去。梅子说，一进屋就往房里窜死，吃饭了！天豹就当没听见。天豹要洗澡。天豹拉下灯绳，打开衣柜取衣服。这时，他看到了爹春生。春生穿着短裤缩在衣柜里，两眼骨碌碌的。天豹瞪着死鱼般的眼珠子，在衣柜前一动不动。天豹说不出一句话。倒是天豹爹春生拉着长脸说：牛回来了？此时的天豹脑袋里什么都没有，哪会有牛呢？天豹脑袋里正在灌毒气，那气就像天边翻卷的云，一个劲地膨胀，然后"轰"地一声，炸开了，天豹的脑袋被炸成一块平地，什么也没有，只是嗡嗡地叫。

　　天豹没洗澡。他的脑袋像开飞机一样把他开出了房门。

　　黑夜已经霸占了整个山村。这时候，灯光成了黑夜的标志。村里人在流萤般的灯光下，要么大口大口扒饭，填肚子，要么唏里哗啦洗澡，洗去一天的疲劳。禽畜呢？它们大都缩在树林里草丛中，安享冬夜。天豹赴汤蹈火般地在黑夜里奔走。一路上，惊动了好几只宿鸟，它们啪啪啪地冲出树林，翻飞在夜空里。天豹的气和泪像被堵死了似的，直到他摸上娘的坟头，才"哇"地一声倾泄而出。娘的坟已长满了高高的杂草。娘就躺在里面。天豹双手抓住娘坟前一把杂草，忘命捶打。天豹撕心裂肺地喊：娘啊，你为什么死得这么早……

　　草丛寂静静的。娘在沉睡。娘的模样天豹记得清清楚楚：娘后脑壳挽了个发球，发球用线网网着。娘是瓜子脸，有颗门牙长期裸露在外，但不影响娘的好看。爹骂娘的时候，娘总是用嘴皮将她那颗裸露的门牙抿一抿，不吭声。一旦爹的脾气爆发到儿女身上，娘就会冲过去，用她干瘪的胸膛挡着。娘就这样被爹抓乱了整齐的发球，挨过无数记耳光。娘不哭，从来不哭。娘没有泪。哥上大学时，娘却哭了。那时娘的肚子已大得惊人。娘在床上躺了三个多月。哥还没去西安读书，娘就不管我们了……娘啊，你放心好了，哥他现在很好，他在城里吃香喝辣，可你，可你不能不管我呀！我也是你儿！天豹的泪浸着娘的过去，一滴一滴流出来。天豹哭饱了，全身一颤一颤地抖。天豹像个泄了气的球，他倒在娘坟堂，和娘隔了层土睡着。黑暗中，天豹看见爹春生那双骨碌碌的眼……

　　春生是个瘦架子。春生跟着天豹爷爷转到这安家时，读了几年书，说话似乎很正经。但是，春生的正经只会展示给年长人看，对着村里的妇女，他总是笑嘻嘻地说个不停，而且把话说得一塌糊涂，看起来很硬，抓起来就是一把泥。春生天生没多大力气，生产队时，他沾了文化的光，坐着村里的记账员位置不放，日子长了，他的力气也就少了。春生的工分一直保持在八分水平，上不了十分，和村里有力气的女人一个档。有人说，春生的力气用在了床上，老婆一连生了八个，前面四个清一色的女娃，好不容易才整出来两个带把的。这可能是春生脾气变坏的原因。春生常常背着手，敞着衣襟，伸着脖子，在屋里转来转去，骂东骂西，声音很刺耳。春生家的菜园子，是他老婆和几个女儿常年抬粪桶育成的。春生家有吃不完的蔬菜。分田到户时，村里就他一家有菜卖。春生是天豹的爹，也是天豹家的皇帝。皇帝的最大权力就是敢于骂人，善于骂人，骂到一定程度，还打人。天豹娘被医院诊断为肝腹水时，春生就一路骂着：早不生病，晚不生病，偏偏这个时候生病，妈那个×！天豹娘或许是慑于春生的骂，死活不肯再进医院。天豹娘就这么痛苦地让自己的肚子一天天胀大。春生不知道，他婆娘肚子胀得很痛苦，却胀着一个不没的希望：她有个全乡出了名的即将去西安读大学的青山崽。春生骂不着青山。青山长年在外读书。即使放假回来，春生也不敢轻易骂他。春生算个屁，春生有几个卵文化？他知道 $X$ 的平方等于 225，$X$ 等于几么？当然不知道！春生只知道骂，青着脸骂这骂那。

夜里寒气加重。天豹打了个冷颤。天豹的嗓门又回到了来时的状态。他哭不出声，喉管只在不停地抽冷气。天豹跪在娘坟前，叫着：娘，爹这样对我，你得为我做主呀，娘……林里吹来一阵风，娘坟上的草在呼呼叫，整个林子也在呼呼叫。天豹想到了在城里工作的哥哥青山。天豹的苦，除了告诉娘，他要告诉哥哥青山。天豹在娘坟前磕了几个头，喘着粗气在黑夜里巅撞着。

天豹没回家。他不想回家。他摸到了句句家那间关他母牛的牛棚里。母牛仿佛闻到了主人气味，呼了几口粗气，用耳朵拍打着。牛棚里铺了层柔软软的稻草。天豹躺在那儿，没一点睡意。这一夜，天豹脑子里不停地放着那部伤心片子，里面只一个画面：那就是他爹春生躲在衣柜里那副模样，眼睛骨碌骨碌的。

天豹按响了哥哥青山的房门。青山正在卫生间里大便。青山说，谁呀？来了来了！青山拉开门，就发现满身脏兮兮的天豹立在门口，鞋帮子上结了一层厚厚的黄泥。青山比天豹大八岁，天豹做了父亲，青山却还没女朋友。这就是城里人和乡下人的区别。青山本该有老婆了，可他总是不能把女友演变成老婆。青山谈的第一个对象是纺织厂的一名会计，白白的，身材也好，还没说上几句，脸就泛红晕。春生进城时看到过一回。春生把这个女会计说成是仙女，在村里大肆宣扬：我家青山的女朋友可能怀上了。这就等于他春生快当爷爷了。春生根本没想到，好端端的一个妹子，不到两个月就让青山给弄丢了。青山的事，春生这个当爹的自然担心。春生常冲这个理由进城找青山，他要和青山好好谈谈老大不婚的后果。春生问青山：有眉目了吗？青山说，你这是空担心。春生这时就正经起来，拉着父辈应该拉着的脸，骂：日你妈×！都二十七八了，还没找到对子，你的书读卵子上去了？青山听不惯春生的娘娘腔，也看不惯春生在妇女面前那种关心下一代的性格，加上青山从小对春生的脾气不怎么看好，青山就朗朗地回他一句：你是想儿媳妇想疯了吧？青山在城里呆惯了，他的眼神都不一样，全不把春生放在眼里。父子间的情感于是变得相当虚拟。春生也注意到了这一点。春生进城看青山的次数就一年不如一年。这有什么用呢？他管得着青山吗？青山现在可是城里的国家干部，而他春生呢，进了城恐怕连厕所都不一定能找到。他管不了青山！

青山看见天豹疲遢遢的样子，就知道家里出了事。青山问：家里到底出了啥事？你哑了？天豹蜷在沙发上呼噌呼噌哭。天豹把他看到的慢吞吞地说给哥哥青山听。青山的眼睛就瞪得像牛卵子似的。过了很久，青山问：这事还有谁知道？天豹摇了摇头，用袖管擦断快要掉下来的鼻涕。青山又问：你亲眼看到梅子做那事了？天豹又摇摇头。青山没了话。顿了顿，天豹哀声声地补充说：前几天，我看见爹整天坐在梅子火箱里，看梅子打毛衣。青山吼了起来：不说了！这声音很凶。青山说，我今天和你回去一趟。天豹听了，"扑通"一声跪在青山面前，泪眼汪汪地说：哥，你不能去，你不能去呀！青山像根木头，立在沙发边。天豹抱着青山的腿呜呜地哭，天豹说：哥，你答应我，让我进城，我不想待在家里了，我要进城拖板车，把梅子和小刚也带来。

寒气恣意着大地，年关也快到了。天豹将责任田包给句句，就忙着和梅子在家里卷被窝。天豹的儿子小刚正在中堂门前的晒谷场里跳来跳去，嘴里喊道：噢——到城里去了！这时的春生，双手交叉放在屁股上，两眼望着天，说：还在这里磨磨蹭蹭，看看天上的云，快要变天了！天豹瞟了一眼春生，也瞟了一眼天。天空中有几朵白云，正在娘的坟头飘浮着。

天豹成了城市里的农民。不管刮风下雨，天豹总拖着那辆板车在城里转悠。梅子在街上摆了个擦鞋的小摊。小刚已经很熟悉这里的路了，天天很晚才归家门。

一年后的一天，天豹来到哥哥青山家。天豹从裤兜里掏出一卷钱，放在桌子上，说：哥，娘死七年了，我想给家里找个后娘，这点钱算是我出的，我只有这么多钱。天豹眼睛睁得圆圆的。天豹眼珠里翻卷着一团白云，云中夹了些血丝，像一道虹。

青山一把搂住天豹。两兄弟的肩膀同时耸动起来。

# 打工仔

　　小岩村出了个深圳打工仔。那就是发爷的满崽阿贵。

　　阿贵春节回来的时候，花格子西装，棕色牛皮鞋，还戴着一副让人看上去活像个流氓的乌黑墨镜，招得村里人议论纷纷。好在初一孩子们到发爷家拜年，阿贵给每个娃儿1块钱，人们这才意识到阿贵不是流氓，倒像个老板。

　　于是，村里的老老少少开始向阿贵靠近。阿贵把翻盖带嘴的烟一包一包打开，放在大家跟前，招呼着大家抽烟。

　　阿贵，你在深圳做什么？有人想探听阿贵有钱的真正原因。

　　阿贵笑而不答。

　　狗日的阿贵为何这么大方？就连阿贵的老子发爷也在心里纳闷。

　　但是，人们百分之二百地肯定：阿贵这小子肯定发了。

　　人们的猜测百分之二百正确。正月初五，阿贵就要发爷跟他去深圳看世界。发爷不肯。阿贵死缠着说："爹，你就去吧，你这把年纪了，再不去看看那里的热闹世界，就没机会了。"发爷还是不肯。阿贵又说："爹，跟我去一趟吧，反正我在那边又不干什么坏事。"发爷听了阿贵这句话，心里立刻亮堂了几分。最后，在乡邻们的劝说下，发爷还是跟阿贵去了深圳。

　　深圳这个五彩缤纷的城市，在发爷眼里简直就是天堂。阿贵陪父亲逛了深圳的几个风景点，最后告诉父亲怎么过马路，怎么回家，就自个儿上班去了。头两天，发爷不敢离开阿贵的房间。至多是在阿贵房门口看看行人，看看车辆，看看他从未看过的热闹景象。过了几天，发爷的胆子就大了，能够远离阿贵的住房，沿街去瞧，去望。

阿贵很忙，除了按时给发爷准备三餐外，整天早出晚归。

这天，发爷转到了一个比较繁华的地方，发现有个胖女人坐在那里，双眼微闭。胖女人那双白胖胖的脚被一个人抱着。发爷觉得很好奇，走过去看热闹。抱脚的人很投入，正在用小刀给胖女人修脚趾甲。趾甲被修整得圆圆的。抱脚人又用小刀将指甲刮了一遍又一遍，然后涂上红油，很好看，也很新鲜。发爷在这里出神地站了近十分钟。胖女人给抱脚人付了20块钱，抱脚人躬腰连声道谢。

抱脚人转过身。发爷的脑神经就被重重地刺了一下：抱脚人竟是自己的儿子阿贵！

发爷不等阿贵喊出半个"爹"字，就给了阿贵一耳光，脖筋如蚯蚓般地骂道："没出息的东西，想不到你跑深圳来，干的是这种活！快跟我老老实实回家种田去！"

这晚，发爷半粒米都没吞下。第二天，不管阿贵怎么恳求，发爷还是回到了他的小岩村。乡邻们很高兴地围着发爷，要他讲一讲传说中的深圳。发爷就说，深圳的人多，房子多，车子多，能吃的东西多。

有人又问："阿贵在那好吗？"

发爷说："好，好。"

但是，发爷从此却病倒了。病得让人越来越为他惋惜：放着好日子不过，就要走了。

阿贵从深圳赶回来时，发爷已经落了气。阿贵在发爷的灵床边久跪不起。

发爷快入殓的时候，阿贵用小刀给发爷修了脚趾甲，修得圆圆的，然后又用指甲油涂了一遍又一遍。很好看，也很新鲜。

小岩村的人都说：发爷入殓的时候，脚趾甲很好看，很新鲜。

# 浮出水面的鱼

久旱无雨的夏日，很容易死鱼。

村长金大毛还没把觉睡过瘾，就被娘们给骚了出来。娘们说，你这个睡死的，公鸡的喉咙都叫哑了，你还在睡，你就不管水库里的鱼了？昨天，我看见几个鬼崽子串了一串死鱼回来，那鱼肯定是我们水库的！

村长这下睡不着了。是得去看一看水库里的鱼。村长金大毛承包了村里的水库，他想靠水库添点收入。三个月没下雨了，鱼的收入肯定会有损失。娘们说到鱼，村长就来了兴趣，特别是那臭鱼，闻起来臭，放在锅里一折腾，还别有滋味。村长喜欢这滋味，那是下酒的好料，几个伢崽又不喜欢吃，这就更有嚼头。因此，用不着娘们唠叨，村长很快就出了门。他要上苦藤坳水库看他的鱼。

远远地，村长金大毛就发现水库的涧水口浮着一个白点。很明显，那是一条死鱼。村长从树丛里摸到涧水口，真的是一条四指宽的死鲤鱼，肚子胀鼓鼓的，就浮在水库淹没的树杈边。村长不会游泳，便找来一根树枝，小心翼翼地划那条死鱼。村长的意思是：通过树枝把那条死鱼划到近处，然后捡起来，带回家，当下酒菜。

死鱼好像比活鱼还难对付。那条死鱼全然不理村长这一套。村长越是小心地用树枝划，那条死鱼就越往深处浮。村长打算脱掉裤子，抓着丛林边的树枝，下水去抓那条死鱼。他刚下水，脚踩的那块石头晃了晃，便深沉地滚进深水处，吓得村长死死地抓住手里的树枝。村长不敢冒这个险。去年的冬天，村长路过桃花潭时，毛兴屋里的正在那儿洗衣。村长见毛兴屋里的腰背露了白花花一块肉，想闷声摸一把。想不到毛兴屋里的比鹿还谨慎，顺势用手一扒，却把村长给扒进了深潭。村长啊唔啊唔在潭里挣扎。要不是毛兴屋里的递下去一根木棒，村长准会淹死在桃花潭。

现在的村长只能干巴巴地看着那条死鱼在深水处浮动。村长躲在树丛里抽了一支闷烟，他就来了主意。村长从树丛里捡来一大堆石头，他打算用投石掀浪的方式，拉近自己与那条死鱼的距离。石头一块一块丢出去，那条死鱼却越浮越远。

村长躲在树丛里很生气。他在等那条死鱼。村长相信那条死鱼终会浮回涧水口。

几支烟工夫，山那边过来一个人，步子很快。村长终于看清那人是松狗。松狗走到水库堤上，几下子就扒光了身上的衣服，"扑"的一声钻进水里。不多久，松狗手里就举起那条死鱼，有四指宽。

松狗吞吞吐吐游到岸边时，就发现岸边有双穿了塑料拖鞋的大脚，顺着大脚往上看，松狗就看见了村长金大毛那张严肃的面孔。

松狗说：村长，是一条死鱼。

村长说：嗯。

松狗说：村长，这鱼很臭。

村长说：嗯。

松狗又说：村长，这臭鱼你也要？

村长说：你想要，难道我就不想要吗？

说得也是。村里很多人不喜欢吃臭鱼，但并不代表村长也不喜欢呀，正好像吃鸭屁股一样，很多人怕那股鸭骚味，可就是有一部分人对鸭屁股情有独钟。松狗光溜溜地出了水，他把那条死鱼放在村长脚边。松狗去穿衣服，却被村长叫住了，村长说：松狗，你在这水库里捡了我多少鱼？

松狗也说不准到底捡了几斤鱼，只说了个次数，松狗说：就三次，包括这次，可这次不算。

村长说：谁要你来捡的？

松狗觉得村长在认真，就解释说：村长，都是些死鱼。

村长扯着嗓门说：死鱼就可以随便捡么？难道你还想搞活鱼不成？我告诉你，以后让我看到你来捡鱼，10 块钱一斤！

松狗没了话，光着身子耷拉在村长跟前。村长瞪了一眼松狗那长长的宝贝，狠狠地将一口痰吐在水库里。没多久，村长那口浓痰就被鱼儿吞食了。沉浸在尴尬之中的松狗，这才想到自己还露着身子，他不声不响地穿他那条红短裤。就在这时，水库中央冒了几个大水泡，紧接着，一条巴掌大的草鱼浮出水面。村长看见了。松狗也看见了。可松狗根本不把那当鱼看。松狗背了柴刀进山去了。

天空像煎了个荷包蛋，太阳一步一步露出了红脸。气温也开始上升了。

松狗从山里扛着柴垛路过苦藤坳水库时，水库中央有个脑袋在挣扎。松狗冲向大堤，发现是村长金大毛在那里啊唔啊唔呛水。没等村长喊出一个"松"字，松狗已经落了水。松狗几个回合就把村长金大毛拖到岸边，然后自己爬上岸，扛了柴，扬长而去。村长金大毛嘴里在亡命咳嗽，手里捏着那条浮水不久的大草鱼。村长说：松狗，你回来，我给你鱼！

松狗扛着柴垛走在山道上。松狗说：村长，你留着吧，我不吃臭鱼。

村长半天才站起身来，他将那两条臭鱼扔在水库里，跺了脚，恶狠狠地骂：松狗，你妈那个巴子，你听着……

# 1973 年的病

1973 年，我读小学二年级。

学校就在大队礼堂后面，离我们村大约五华里。要走这五华里山路，谁都会冒一身汗。我们村其实是个很小的生产队，住户不多，读书的娃儿少。和我同年级的只有水狗和宽宽，其余几个都是去公社读初中的大哥哥。大哥哥们上学，虽然要经过我们学校，但他们从不愿和我们一块走。他们嫌我们走路慢。因此说，水狗和宽宽是我小学时最重要的一对伙伴。

那天，我约宽宽上学。宽宽正挂着眼泪躲在门边扯衣襟。宽宽娘在房里哭，宽宽爹青着脸在屋里走来走去，还把家里的东西甩得当当响。我约宽宽走。宽宽扁着嘴巴哭了起来。宽宽爹说：他不读了，你去吧。我不知道宽宽家到底出了什么事，反正宽宽是去不成了。水狗也不在。水狗的外婆死了，他跟着娘上外婆家吃豆腐去了。读初中的几个大哥哥也早已走了。今天就我一人上学。这是多么不幸的事啊！

我背着书包在村子里穿行着。我看见冲冲、卷毛和本子几个人正在卷毛家捶茶枯饼。他们准备药鱼。冲冲的鼻孔里躺着两条肥大的黄鼻涕，呼进呼出，冲冲说：前天我看见青木潭的鱼有三手指大，妈个×，今天我要它们全部见阎王！青木潭是我经常光临的地方，在古浪溪的源头。我曾经在青木潭弄了不少鱼。自从背了书包，那儿的鱼我就很少见了。走着走着，我也铁了心：今天我也不去上学了！

我苦着脸回家。

怎么今天还不去上学？会迟到的！父亲说。父亲正在猪圈里掏猪粪。

我说：我不去。

为什么？父亲放下手中的耙，从猪圈里钻出来。

我说：肚子痛。我说这话时，顺便将手放在肚子上，脸上装出平时肚子痛的样子来。

父亲把我拉过去。我顺势坐在父亲膝盖上。父亲的手掌伸进我怀里，贴着我的肚皮，摸来摸去。父亲一边摸，一边问：哪里痛？

我丧着脸带着哭腔，说：不是——也不是——是这儿——哎哟……

父亲自言自语道：早上还好好的，怎么一下子就肚子痛了呢？

父亲的疑问，让我不得不呻吟下去。我搂着肚子像虾一样蜷在床上。母亲的心情也变得沉重起来，她在床头转来转去，叹息声声。母亲几次问我想不想吃鸡蛋。那时候，鸡蛋可是再好不过的东西了。我也不说话，只管哎哟哎哟地叫。我并不是想吃鸡蛋，我想青木潭的鱼！

母亲要妹妹上桂英孃孃家借鸡蛋。妹妹很不情愿。妹妹说：想吃鸡蛋，就会装！

要是往常，我会给妹妹一巴掌。可今天不行，我只好把"哎哟"声喊重一些。母亲对妹妹说：不许你乱讲，快去！

大人不在的时候，我在床上一边呻吟，一边策划着：吃完鸡蛋，再半个小时"哎哟"，然后就说肚子不痛了，再然后，就去青木潭捞鱼，连宽宽也不叫，就一个人去！

事情的发展是我始料不及的。

没等妹妹把鸡蛋借回来，父亲已经把我背出了家门。他要背我去大队赤脚医生黑马那儿打针！

我的天呀！我最怕的就是打针。更何况我肚子好好的，一针下去，不痛也痛了。我没办法，我只能继续"哎哟"下去，至少是现在。

我在父亲背上闭着眼睛轻吟着。阳光刺激着我的眼缝，我觉得父亲已经下完了狗斗坡，该爬杉木坳了。我说：我现在不痛了，我想下来自己走。

父亲说：那怎么行呢？父亲立住脚，用力将我往上耸了耸，我的身体在父亲背上向上移了一大截。我的屁股被父亲那双大手牢牢兜住。父亲脖子上已经流汗了。

我在父亲背上说：我现在真的不痛了，我自己下来走。

父亲当做没听见，背着我咣哧咣哧往上爬。父亲的喘气声越来越重。

父亲说：帮我擦把汗。

我用衣袖在父亲脸上抹了一下。

快进大队的时候，我死活要自己走。赤脚医生黑马的家在胡家冲，不远，与我们学校面对面。

来到分岔路口，我径直朝学校方向跑。

父亲说：你去哪？

我说：上学。

父亲说：先到黑马那里去打一针再说。

我说：我现在不痛了，一点都不痛。

父亲说：真的？

我说：真的，骗你是猪！

父亲说：你书都没带，怎么读书？

这时，我看见父亲从怀里掏出两本书，一本是我的《算术》，一本是我的《语文》。父亲说：放学的时候，我到杉木坳来接你。

父亲从没读过书，但是他把我读书当成他的一切。

后来，我成了村里唯一的大学生。而我的启蒙老师，却是我一字不识的父亲。

许多年后，母亲提起我那场病。父亲笑道：他哪儿有病啰，他患的是逃学病，是村里的鬼崽子所患的一种通病。

父亲的话湿润了我的双眼。

# 农民兄弟

　　强强能和我做兄弟，全是我爹的原因。

　　娘去世那天，我正在县城一所中学参加高考。回到家时，娘已经上了山。我承认，自从我进了学校，我对娘的感情就模糊了许多。家处偏僻，一年到头，我是很难和娘说上几句心里话的。特别是进了初中，学校就成了我生活的全部。即或每次放假回家，在娘面前我感觉自己像是在做客。然而，模糊的娘一旦离我而去，我的心又变得异常苦楚。人去了，心还在呀！以至于在我上大学、工作、结婚直到今天，我对娘的感情越来越浓。

　　娘没有享过我后来的好日子，丢下爹早早走了。但是，别人的一句玩笑话，却让我那年迈的爹"如饥似渴"：爹执意要把那个叫玉菊的比他小二十五岁的寡妇娶回来当我娘。当时，我已在省城一所大学读大二了。是在县城工作的姐写信告诉我的。

　　我打电话问我的局长大哥，他也不证实这事，只是用教训的口吻对我说：你管那么多干什么？好好念你的书！我不甘心，又打电话问我那个在县城里当科长的二哥。二哥在电话里笑了笑，说：你只管回家叫娘吧，对了，咱们又多了一个兄弟，他叫强强，是后娘带过来的，才十三岁，还在读小学五年级。

　　听了这话，我有些责怪我那六十多岁的爹，更怀念起我死去两年多的娘。在四坪村，只有我们马家最牛气，四兄妹，有三个在县城工作，而我这个老满又在念大学，将来在城里工作也是十拿九稳的事。我们四兄妹，使我爹的大名远扬方圆几十个村。可是，我娘却没有这个福气，眼看着儿女们个个有了出息，却被一场莫名的怪病拖走了。

　　现在，爹有再婚的意思。这事在乡下就变得非常容易了。

我的后娘玉菊是个很不错的农家妇女。她对我爹很好，对我们也很热情。我那陌生弟弟强强长得矮矮墩墩的，读书不中用，但很有力气，家里烧的柴火全是他一人承包。我们的强强兄弟，小小年纪，已经顶得上一个农村丁壮劳力了。强强在我们几个哥姐面前，总是很胆怯，他从没当着我们的面，大大方方地叫一声哥姐。每次回家，强强在我们面前轻声轻气，行走匆匆。想找他说几句话，他总是怯怯一笑，然后，自个儿忙活去了。

我结婚时，强强进了一回城。那时，强强已经读初三，人长得有一米七几，个头大，属于很结实的那种。强强对我说：哥，我不想读书了。我问他为什么不想读书。他说：我不是读书的料，我宁愿呆在农村。这是我的强强弟弟第一次掏着心窝子和我交谈。我知道，只有我与他的年龄相距最近，彼此交流起来比较容易，他才把自己的心里话说给我听。我说：强强，你现在既然是我们的兄弟，你就用不着担心家里没有钱供你读书，除了我，还有你大哥、二哥和姐呢！强强说：三哥，我不是这个意思，我真的不想读书了，我一看到书本，就像看到怪物一样，我想留在农村，请你和爹娘说一说。我把强强的意思和几位兄长以及爹娘说了，他们都不以为然。因此，强强弟弟就在初中毕业后，当起了他的农民。

强强虽然有三个哥哥和一个姐姐在城里工作，可他后来一直没进过城。我的农民兄弟强强在他的农田里播洒着他的汗水，收获着他的收获。强强在我们面前从未透露过他的任何困境，虽然他的农田需要种子，庄稼需要肥料，他宁愿上山烧木炭卖，也不会轻易开口向我们要钱。强强这身骨气，让我爹极为欣赏。爹就常常把我们给他的零花钱，暗暗地投到了强强兄弟的田野里去。

我的后娘玉菊没有享受到我们几个工作人所给予的一点清福，在嫁到我马家不到七年，就死于她的鼻癌。她与她的前夫原本是非常恩爱的，一场无情的车祸，碾碎了他们的爱。在她还没做我娘时，她天天以泪洗面。或许是为了强强，她才答应做我们的后娘。

后娘的离去，对爹打击很大。爹的性格明显地孤僻起来。两个对他恩爱有加的女人都离他匆匆而去，他整天都想着他们之间那幸福的往事。想着想着，爹就会潸然泪下。因为这事，我们几个城里人回家的机会也逐渐地多了起来。我们安慰着那白发苍苍的爹，甚至打着边鼓，动员他再续姻缘。爹变得很果断，他明确地告诉我们，他是不想再娶了，婚一次，就有一辈子也还不尽的债。

爹也不想跟我们过城里生活。他说他喜欢跟强强在一起，他要与强强相依为命。

可是，我们的爹，说话一点也不算数。第二年，他也和两个娘一样，永远地离开了我们。

从此，我们的快乐老家，也就只有我们的农民兄弟强强了。

爹的离去，哥姐们似乎变得解脱了，一年到头，懒得回一次老家。可我却倍加渴望常回去看看。只要时间宽裕，我就会带着我的妻儿，回乡一小住，看看我的农民兄弟强强，看看我的快乐老家。

昨天，老家有人进城来，说我的农民兄弟强强三天卧床不起了。问起原因，老家人说，前几天的清明，强强给我们爹娘扫墓时，不小心用刀子伤着了腿，流了很多血……

我把这事告诉给我几个在城里工作的哥姐。他们都觉得有点大惊小怪。我说：清明节，爹娘在山上等着我们回去呢，我们却一个个呆在城里。好在我们的强强兄弟代替我们做了护坟祭奠的事。现在强强动弹不得，难道我们就没有理由去一趟曾经养育过我们的老家么？听了我的话，他们个个都很木然。

妻子没有因我对哥姐的口气而责怪我。她和我谈到了我们的农民兄弟强强的婚事。

强强也不小了。他该有个自己的家。

# 雾山奇案

爷爷死于 1970 年，那年我五岁。

在我印象中，爷爷就是那座雾山，雾山就是我爷爷。一个至今都没有留下多少印象的人，就这么与一座海拔一千三百多的高山紧紧联系在一起。这就是我对爷爷的唯一记忆。尽管现在的雾山已经成了八方游人竞相观光的旅游胜地。

那年，我们四坪村的男女劳力一个不留被公社派到远方搞基本建设，修水库的修水库，修铁路的修铁路，修公路的修公路。爷爷被抽去修公路，地点就在离家八十多公里的雾山。雾山不是因为山高而出名，而是因为它一年当中差不多有十个月时间被笼罩在雾气里。据当年与爷爷一同上山的易麻子讲，当年的雾山，树木森森，雾气重重，站在林子里，常常都看不清自己的脚，一口痰吐出去，往往会遭来痛骂，吐出去的痰，十有八九会落在别人身上。大家的劳动协作基本上是拿声音作信号，比方说，前面有没有人？站开点！我要动锄头了。易麻子那条没了后跟的脚，至今还弄不清当年是被谁给挖掉的。

环境再恶劣，任务没完成，是一律不准回家的。这是生产队时期最有杀伤力的劳动纪律。爷爷上山不到半年，修路的队伍中就发生了一桩命案。一个叫田大兴的家伙跌进了崖谷。这个田大兴和我爷爷编制在一个小组。我爷爷当组长。不幸的是，在田大兴跌崖之前，我爷爷同他说过几句话。如果田大兴跌崖那天是一个雾气少、能见度高的天气，那还好办，或许我爷爷会没事，但那个该死的却选择了一个雾气冲天的日子跌下去。等人们把他从崖底抬上来时，他摔得只剩几根骨头。

这个要死的种种表现让我爷爷脱不了干系。调查组的人掌握了大量不利于我爷爷的证据：第一，田大兴是个没爹没娘吃百家饭长大的苦命人，什么苦都尝过，他不可能惧怕在这里挖土修路；第二，田大兴老婆是个漂亮贤慧的女人，对田大兴唯命是从，还给田大兴生了个胖乎乎的儿，他不可能丢开他们母子俩不管；第三，田大兴心襟开阔，是个公认的快乐神，初上雾山那一个多月里，整个山头都流传着他的笑话。就这样一个人，难道他会自寻死路吗？

爷爷每次接受调查组盘问，总是重复着他与田大兴死前的那几句对话，不管调查组人员愿不愿意听。爷爷说，在田大兴跌崖前，我只是对他说：大兴，你不要老是讲一些没用的笑话，得把活干紧点，不然，我们会在雾山呆上一年。爷爷还说：田大兴绝不是我推下去的，我怎么能够推人呢……可是，爷爷在最后一次接受调查组的盘问后，他自己也跌进了崖谷。爷爷这一跌，不仅让他蒙上了不白之冤，还连累了我们一家人。

可怕的是，在接下来的两个多月时间里，雾山又有两个人跌崖！

这事一直重视到了地革委。地区派出一个专门调查组进驻雾山，这其中就包括第一人民医院的周大昌医生。调查组里的那几个公安一天到晚凶神恶煞地传唤这个传唤那个，恨不得一下子把凶手揪出来。只有这个周大昌，算命先生一般地忙于把脉听诊，搞得雾山上的人个个犹如大难临头，人心惶惶。再后来，又发生了两起血案，一个同样是跌了崖，另一个则是撞壁，撞得脑浆四溅。

凶手依旧无法锁定。犯罪嫌疑人越来越多。

下了雾山，周大昌医生直接找到了管基本建设的领导，要求将雾山的修路队伍立刻撤下来，派往水库或铁路工地，换上其他人马进山，并一再强调，驻山时间不得超过两个月，同时要求定期派宣传队进入雾山。这个相当讲马列的领导大为不解，甚至认为这个不起眼的小医生旨在夺权，一个旨意便把他送进了精神病医院。

雾山血案仍在时断时续地发生。这事自然就惊动了省里。没办法，只得按照那个精神病医院里的周大昌（此时他已成了周疯子）的建议去试一试：将水库工地和铁路工地的人员定期换工到雾山。

一年后，雾山公路拉通。这一年里，雾山工地未发生过一桩命案。

十年后，有人请教从精神病医院走出来的周疯子。这时的周疯子已经证明了自己没疯，而且他还接到了去上海一家大医院任心理医生的调令。周疯子说：环境决定着人的心理，没有阳光的日子会严重压抑人的情绪。长期如此，会导致人的自悲和自弃，甚至会自灭！在雾山的各起命案中，其实没有人为的凶手。如果一定要说凶手的话，那就是雾山上那该死的雾！终日不散的雾！

爷爷等周疯子的话已经等了十年。可是，爷爷已经死了十年。

这十年，我家背了多大的黑锅！

# 天要下雨

志娃进屋时，青梅正搂着娃儿喂奶。

青梅说，怎么只歇一个晚上？

志娃说，你不知道这鬼天气，一个多月不落雨了，能呆得住吗？

青梅本想再问一问娘的生日一共摆了多少桌。志娃已经出门了。

志娃在丈母娘家喝寿酒很不安心。他惦记着岩栗坡稻田里的水。想必岩栗坡那二亩田已经开裂了。志娃扛了锄头，扑哧扑哧往岩栗坡方向走。

志娃第一次承包他人的责任田耕种。那一圈农田，名义上是二亩，实际上足有二十担。志娃觉得这个很划算。田是三贵的。三贵在城里拖了一年板车后，就坚决不愿种田了，仿佛他三贵就已经是城里人了。三贵找志娃说包田的事，志娃差一点全盘接收。还是青梅打的岔。青梅说，我家娃娃小，我家志娃可种不出来。三贵知道青梅是想让一让斤两。三贵就说，那一圈农田，我只要三百斤谷。志娃在接受这个协议时，心里暗暗骂三贵简直就是一个傻卵，明显不划算，他也这么爽爽快快答应了。志娃这么很有油头地想着，走着，就遇到了松子家的。松子家的正背着一大筐猪草从那头过来，见了志娃，气喘吁吁地问志娃：志娃，你不是到你丈母娘家祝寿去了么？

志娃嗯了一声，横着锄头走出了老远。

这下，松子家的急了，她像背了一个马上就要引爆的炸药包，走路像在飞。松子家的在心里骂：松子你这个鬼打的，叫你不要放别人田里的水，你偏要放，这下可好了，志娃回来了。松子家的马上意识到有一架会在松子和志娃之间打起来。松子个头虽比志娃大，可志娃像个猴子，手又狠，道理又足，恐怕我家松子不是他志娃的对手。松子家的把那筐猪草往屋里一放，颠着屁股往回赶。

松子家的还是去迟了。

志娃和松子已经隔着两丘田在那里对骂起来。双方的骂声中都带了与生殖器有关的话题。志娃扛着锄头恶狠狠地挥动着指头。看架势，动手只是迟早的事。松子家的在很远的地方扯了喉咙喊：松子你这个鬼打的，快回来！这时的松子根本不把婆娘当回事。松子倒要看看狗日的志娃究竟敢不敢动手。人只要闷在气头上，说到的，往往会做到。哪怕是去杀人。志娃正好是这种角色。松子站在田埂上只是不停地还嘴，而志娃呢，他在不断地缩短与松子间的距离。

架就这样打起来了。

志娃大老远举着锄头朝松子挖过去，很像没有枪炮的古代战场上一位冲锋陷阵的士兵。志娃高高扬过来的锄头，被高个子松子给捏住了。松子将志娃的锄头甩出去足有两丈远。因此，志娃就只能和松子赤手空拳揉起来。他们很像日本的两位相扑选手，你推我扯，一时谁也扳倒不了谁。脚下的那片稻田，已经成了他们的运动场。发青的禾苗开始一排排倒下。松子家的吓得全身哆嗦，她坐在对面的土堆上叫喊：不好了！不好了！这里打死人了！

两个年纪相当的男人，手里都没家伙，再打也打不死人的。充其量，也就是破点皮。的确，他们两个都破了点皮。他们正在泥田里努力地让对方掉下一颗牙齿，或者，伤着一个睾丸什么的。

这时，岩栗坡的大路上走过来一个人。那人就是三贵，刚从城里来。

三贵说，哎哟哟！你们两个在这里摸什么乌龟王八？

松子抬起那张裹满泥浆的脸，望了望三贵。三贵这才知道，这两个狗日的，真的打起来了！

三贵问对面坡上哭哭啼啼的松子家的。松子家的说，三贵，你不要问了，你快去劝劝吧，他们是因为争田里的水打起来的。

三贵是个矮子。三贵根本不是田里那两个家伙的对手。但是三贵还是果断地下去了。

三贵站在田埂上大声说着：你们两个狗日的，在这里为了一点点水，打得死去活来。告诉你们吧，城里都发大水了，街道都被淹了。听说，那里的暴雨马上就要下到这里来了！

三贵的话令田里的这两个鬼王都为之一惊。他们已经不那么拼命了。因为暴雨马上就要来了。

这样，架也就好劝多了。何必呢？不就是水吗？明天暴雨就要来了，看看你家的田埂，到底能撑得上暴雨多久？

这一夜，雷声大作。看来，一场暴雨真的要袭击这个山村了。

三贵婆娘被雷声吓得急忙蜷进三贵腋窝里。三贵婆娘问三贵，这几天，城里的街道真的被淹了么？

三贵把头懒洋洋地偏到一边，有气无力地说，城里热死人了，哪有什么暴雨！三贵婆娘就骂三贵你这个猪只知道哄人骗人。

三贵说，狗日的志娃和松子是在打生死架，我又不敢去劝，我就只好这么说了。要不，他娘娘的志娃，明年就不肯包我的田种了。感谢老天，你可真下雨了！

# 莽山野夫

　　这是数百年来莽山流传的一个故事。能够把这个故事讲得有声有色的是盘牯岭的苦藤。

　　盘牯岭是莽山群峰中的一座小山。那天，雨下得无边无际，毫无休止，整个山林松软得像要坍塌一般，所有的植物酷似鱼缸里的水草，从里到外都让水浸透了。大山笼罩在一片迷茫的水汽之中，满鼻子灌了草腥味。鸟不鸣，兽无影，林子里显得出奇的静，动物都屏缩着，缩在树叶下，山洞里，岩缝中，它们在艰难地躲着这场绵绵春雨。终于，山那边的树尖上袅绕出几缕炊烟。我踩着湿叶和积水，朝盘牯岭方向走去。推开生烟的草屋门，里面蹿出一只黑狗，咧着嘴，龇着牙，对我发出汪汪的吼声。就在我努力防范的同时，屋里走出一个人，脸部被密密麻麻的胡须裹着，有点类似于孙悟空。我说，你就是苦藤吗？那人翻卷着红红的嘴唇，冲我微微一笑，示意我进屋去。草屋里的湿与外面的湿连成一体，低矮的床下有一道欢畅流动的水沟，沟里的水由西向东，流得认真而执着，还不时翻起一个个小波。床上铺的是兰草，草上的睡袋湿得能拧出水来。木板拼就的桌子，四条腿埋入地下，桌面被塑料布遮盖着，塑料布下面是莽山唯一的一块干爽地。

　　我问起野夫的事。苦藤表现出一脸肃静。他说他也没见过，只听父亲说过，父亲见没见过野夫，不得而知，好像是听爷爷说的。爷爷见过那野夫，情形跟活的一般。

　　爷爷第一次进莽山是来伐木烧炭。莽山满山遍野都是青冈、毛榉、红桃木和檞树。爷爷砍那棵檞树时，就发现了躲在树尖上的那个野夫。野夫全身长满了赤褐色的毛，头戴树圈，身披青藤，胡须和头发活像地上的绿草，眼睛出奇地亮，泛了黄光，眉骨高突，手臂修长，如猴。槭树倒地，野夫倏地一声弹出老远，对着爷爷吼了一声，就窸里嗦罗进了树林。爷爷持刀追进去，在林子里又与野夫撞了个正怀。野夫说了句人话：今夕何年？爷爷飞起一刀过去，那野夫转眼间就消失在树林里，怎么找也找不出半点痕迹。爷爷亲眼看到野夫将身子靠近槭树，然后就融入树里去了。

爷爷把野夫的事说给寨里人听，个个都摇头，个个都嗤之以鼻。事情在半年后就变得更加恐怖了。寨里有个伐木人在一棵倒下的槭树边被压得半死，抬回来，只说了一句"莽山有鬼"，就落了气。打那以后，人们开始相信莽山真的有爷爷口里的野夫，可是谁也没见过，谁都没胆子去见。很少有人敢独自进莽山。爷爷却迷上了天荒地老的莽山。他常常带着年幼的父亲一进山就是好几天。山里到处都是岩鼠、山龟、青叶虫、四脚蛇，弄不好还可以碰见山猪和野牛。父亲没有见到爷爷嘴里的野夫，他看到了许多莽山的动物。

后来，爷爷从独臂岩上摔了下去。那谷很深，根本无法下去收尸。父亲就把心思全放进了莽山。我母亲什么时候走出家门的，他全然不知。至今，我也不知道母亲现在何处。父亲带我从小就熟悉了莽山的各种动物，我们所到之处，它们随时都可以抛头露面，从不回避。就在父亲被那条烙铁蛇毒得奄奄一息时，他还念念不忘那个传说中的野夫。父亲说，他就在莽山，只要心在莽山，总有一天会撞见他的。尽管父亲没见过那野夫，可他还是那么坚信。

苦藤没有女人，他只有一条黑狗。每隔四天，苦藤就从父亲的坟前走过。苦藤告诉父亲，莽山真的没有野夫，他倒是看见了许多前来猎动物的人，个个凶狠无比，见蛇就捕，见龟就抓。苦藤常常把自己扮成爷爷嘴里的野夫模样，头戴树圈，身披青藤，在猎人们不经意的一瞬间猛扑过去。猎人们将自己魂飞胆散的经历散布出去，莽山就变得更加神秘……

苦藤告诉我，莽山是大家的家，没有什么可惧怕的。只要心静，莽山处处都有温暖。

我披了雨衣来到崖边。雨明显小了，谷底起了浓雾。再过一个时辰，这些迷漫的乳雾就会将四周遮掩，树木、青藤、苔鲜以及苦藤的草屋都将被白雾所淹没。天色暗下来了，对面陡峭的石壁上有灵光在闪耀，似灯笼，似火把，逶逶迤迤，飘飘渺渺。我朝对面的山岩喊了几声。光熄了，接着被浓浓的雾阻隔，什么也看不见……

我回过头，隐隐约约看见那个头戴树圈，身披青藤，全身长满赤褐色毛的野夫。

样子很像苦藤。

# 历 史

　　木子爷的牛前两天生了一对双胞胎。木子爷就对今年的年特别感兴趣，赶集时破天荒买了两张"把门神"，准备热热闹闹欢度这个开年见喜的吉年。

　　大年三十的前一天，人们在忙碌着过年的最后一道工序：贴对联，粘年画。

　　木子爷横了一条板凳，往中堂门上撒糍粑浆。木子爷双手提着一张"把门神"年画准备往门上张贴时，他有点犹豫了。他想到了这里面还有他弄不清的历史问题。木子爷只知道这两张"把门神"中的人物一个叫秦叔宝，一个叫尉迟恭。至于哪个是秦叔宝，哪个是尉迟恭，哪个该贴左门，哪个该贴右门，他弄不清楚。在这个历史问题上，木子爷变得格外慎重。他不想在重大历史问题上犯不该犯的错误。

　　很自然地，木子爷就想到了村里唯一一个念大学的五保。听说五保还是学历史专业的，这就更好。木子爷就毫不犹豫地派木子奶上五保家喊五保。

　　鼻梁上架着一副眼镜显得有些斯文的五保来了。木子爷正在端详两张"把门神"的相同之处和不同之处。五保笑盈盈地问木子爷有啥事。木子爷就指着两张"把门神"，问五保哪个是秦叔宝哪个是尉迟恭，哪个该贴左门哪个该贴右门。五保望着两张形如扑克牌里的"老K人物"的年画，把头摇得很委婉。

　　木子爷就说：你是专门学历史的，又是一个大学生，现在连哪个是秦叔宝哪个是尉迟恭都不知道，那你在学校学么子卵？

　　五保有点不好意思地说：木子爷，我们书本上的确没有什么秦叔宝尉迟恭，你叫我怎么知道？

木子爷被五保的话反问住了，他觉得很失望，心想：这么重要的历史你都不知道，还算什么大学生，我看连小学生还不如！

五保的无知，使木子爷又想到了"神算"朋瞎子。朋瞎子是村里算命为生的一个人物，尽管本村人说他算命全是瞎蒙，但外面的人却很佩服他，给他封了个"神算"称号。木子爷亲自推开了朋瞎子的草门。朋瞎子正在烧他那只花了5块钱从城里买来的猪脑壳。朋瞎子对木子爷的到来既高兴，又激动。因为木子爷在村上是个德高望重的人物，如今能跨进他朋瞎子的门，那算是他朋瞎子的神气。

木子爷笑着问朋瞎子哪个是秦叔宝哪个是尉迟恭，哪个该贴左门哪个该贴右门。朋瞎子丢了手中的猪脑壳，异常正经地说：区别秦叔宝和尉迟恭的最好办法，就是看他们手里操的家伙。秦叔宝手里拿的是铜，尉迟恭手里拿的是鞭。

朋瞎子摸出一支烟熏起来，继续说：他们两个，都是很有本事的人物。秦叔宝手里的铜，一铜出去，就是九十公斤的力气。尉迟恭手里的鞭，抽一鞭，只有六十公斤。

木子爷平时很瞧不起这个朋瞎子，现在却对朋瞎子有点另眼相看了。朋瞎子见木子爷把自己当回事，劲头更足了，他接着说：有一次，秦叔宝、尉迟恭两个人赌力气，秦叔宝要尉迟恭给他抽三鞭，秦叔宝受住了，后来轮到秦叔宝还尉迟恭三铜，还只到两铜上，尉迟恭就认输了。狗日的，你们不知道，尉迟恭的三鞭总力气只有一百八十公斤，而秦叔宝的两铜就有一百八十公斤。哈哈，尉迟恭当然受不了秦叔宝的第三铜了。

木子爷被朋瞎子的话彻底折服了。接着又问：那为什么又要把秦叔宝和尉迟恭当"把门神"呢？

能够继续问下去，就是对他朋瞎子的极大抬举。朋瞎子立刻满身来劲，说：秦叔宝、尉迟恭都是唐王手下的武将。有一次，天帝要雨神温邹行雨，说是城内下三点，城外下七点。可是，温邹麻痹大意，给城内下了七点，城外只下三点，弄得城内洪水猛涨，城外田野干涸。天帝于是派人来斩温邹，吓得温邹屁滚尿流。温邹急忙跑到唐王那里求助，并答应给唐王三担瓜子金。唐王收了温邹的三担瓜子金，最后还是没有保住温邹的命。温邹阴魂不散，一到晚上，就来敲门找唐王的麻烦。唐王没办法，便要秦叔宝、尉迟恭两员武将把守大门。温邹的阴魂怎敌得起秦叔宝的铜和尉迟恭的鞭，几个回合就被打散了。这才免得温邹天天晚上来找唐王的麻烦。后来，人们就将秦叔宝、尉迟恭当成了"把门神"，图个平安吉祥。

木子爷总算感受到了秦叔宝和尉迟恭的厉害了，但他还是不明白哪个在左，哪个在右。

朋瞎子说：秦叔宝力气大，右门自然就让他把守，尉迟恭力气小，只能守左门。

木子爷这下总算弄懂了曾经迷迷茫茫的一段历史。

往后的日子里，木子爷逢人就说：大学生算个卵子，依我看，还比不上咱们的朋瞎子！

## 哭泣的晚餐

听村里的老人们说，当我母亲一口气生出四个与她同性的孩子之后再生出我这个带把的时，父亲哭了，他哭得像黄牛那样叫。父亲哭完后，就对着天大喊：老天呀，这下子你可真开眼了！我现在完全理解我父亲当时的心情。因为在重男轻女的贫困之乡，一连生出四个女娃来，足可以让做父亲的有点抬不起头。

当母亲继续鼓着肚子满怀希望地生下我三个小妹时，像是在赌场上赢了一小把的父亲，越来越感到他的运气不佳，资本耗之殆尽。

当时的政策不允许我父亲就这样赌下去。生育问题已经开始有了节制。

也许是因为有了我，父亲才觉得他没有白活。

父亲这种勇气流露到我那个人口大家庭里，便是没日没夜地干活。当我们这些娃儿一个个将开裆裤缝起来穿时，父亲身边便多了些帮手。我大姐则是父亲最得力的一个。男人们田里山里干的很多活，大姐都会充斥其间，忙碌其中。大姐的脚病就是那时跟我父亲烧木炭给扭坏的。

十张嘴的吃饭问题是我父亲全力以赴要去面对的。在大米极其有限的时代，父亲给我们碗里盛满了南瓜、红薯、玉米、白菜之类的地里物。每到开餐时，母亲就会把我这个"特殊人物"叫到一边，偷偷地在我碗里盛上米饭与杂粮的混合物。这是父亲母亲对我或明或暗的一种偏爱。四姐很注意我这种特殊待遇，暗地里常常要求用她的南瓜、红薯换我的夹饭。我自然不肯。这时，四姐就会小声地骂道：地主，地主！

其实，父亲并没有把我当地主。父亲总是在我和别人捏泥炮的时候板着脸走过来，凶着说：还不快去剁柴！你看看别人西瓜，连走路都走不稳，也上山去了，只有你，就知道甩泥炮！

西瓜被一壶开水烫坏了腿，因为找不到有效的治疗方法，便成了我儿时农村生活的一个瘸子伙伴。

当我在父亲母亲目光交织的坐标里走向山野时，家里的柴火便成了我永远满足不了的一桩农活。自然，我就忘不了带上西瓜，只有他，才能不让我这个手脚木讷的大家宠儿感到落后和难堪。

我不知道"十月半"在历史上到底留下一个怎样的动人传说。反正，乡下人很器重这个节日。"十月半，吃饱饭"是我儿时经常传唱的一句歌谣。

那年的"十月半"，我和西瓜等人就在狗斗坡山上砍柴。天气就像晚餐上即将摆出的一盘肥肉，令我们赏心悦目。差不多用了一整个下午，我才捆好了一担上等木料的柴火。那是我至今为止无法忘却的一担柴火，足有百来斤重。狗斗坡的毛草路释放着我们砍柴娃们应有的能量，但"十月半"的晚餐却给了我们太多的勇气和力量。月亮出山的时候，我们这些砍柴娃也出了山。我们的队伍走走停停，停停走走，担子弄得轻的伴儿，一个个哇啦哇啦横着担子进了村，只有我和西瓜落在后头。西瓜说，松崽哥，把柴担搁在路边，明天再来挑吧，今天是过"十月半"呢！要是往常，西瓜的话或许有些作用，但那天是过"十月半"，我倒觉得沉重的柴担，正好是我面对丰盛晚餐的最大炫耀资本。

我要西瓜先走。当然，先行的西瓜肯定要负责唤我的家人前来接应我这副沉重的柴担。

气喘在那条孤寂的山路上，有那副沉重的柴担伴随着，我没了丝毫胆怯。不久，山脚下就传来了二姐的喊声。我原以为二姐在接应我柴担的同时，会说一句"你真能干，剁了这么大一担柴"。可二姐一声不吭。这是我万万想不到的。

进屋时我才知道，家里的晚餐已经开过。母亲给我盛来饭时，我正在屋外洗手。母亲说，松崽，快吃吧，要不都凉了。这时，我才发现母亲手中那只碗盛了满满一碗南瓜，一片一片，红得像薯。

我说，妈，这就是今晚的饭？

母亲点了点头。

我端起碗直奔屋后。那是我生气时常去的地方。

我泪流满面地吃着那碗红南瓜。

母亲来了，她在一旁落泪。我以为母亲是因为我吃南瓜而哭。因此，我的抽泣声就更加放肆了。

母亲说，今天的夹饭，给你大姐吃了。

母亲叹了口气，接着又说，你大姐后天就要出嫁了，女孩子出嫁前是要吃些好饭的，松崽，你懂么？

我将泪水拌着南瓜汤喝了进去。

大姐在出嫁的前一天，就开始不吃不喝了。这是我们村里女孩子嫁人时的一种规矩，她们的绝食行为表示她们舍不得她们的家，她们宁愿用不吃不喝这种自我折磨的方式来袒露出嫁人的情怀。

大姐出嫁前只知道哭嫁。说了许多动情的话，村里很多人都被我大姐的哭声催出了泪。大姐哭完父亲后，就哭母亲，一个个地哭诉着她与我们这个大家庭的情感。轮到哭我时，大姐一把将我拉在怀里，摸着我的头哭道：我的松崽弟呀，大姐明天就要去了呢，你要听话呢，我的宝宝弟呀！大姐吃了你的夹饭呢，你不要怪大姐呢，我的宝宝弟呀……

想起"十月半"的晚餐，我哭得格外伤心。

# 捉　贼

自从福嫂家那串腊肉被盗以后，太平村就变得不太平了。

四十五年前，太平村的祖先立下了规矩：宁可饿死，不可事盗。太平村能够成为远近闻名的"太平"村，那是太平人一代又一代洁身自好的结果。

因此，福嫂家腊肉被盗一事就显得格外令人不可思议。太平人是讲互助的，谁想吃腊肉，开个口，哪家都会给，何必去犯盗？这不是给太平人脸上抹黑吗？

连日来，盗肉案在太平人嘴里议得很凶，在农舍，在田野，在太平人所到之处。

宝爷是太平村唯一健在的长老。宝爷觉得，轮到自己充老时，没有把太平人教育好，竟出了盗肉案，这是自己天大的失职，真有愧于太平人呀！想起这桩盗肉案，宝爷吃不香，睡不着，三番五次去串各家门，提醒大家千万不可麻痹大意，要提高警惕，防止再出盗案。

这晚，在外转了一圈的七公，刚收拾好白日里悠哉游哉的补鞋活什，准备烧水洗澡时，突然听到房里传来磕磕碰碰的声音。七公还以为是老婆从大女家回来了。七公轻轻地呼了声：九妹，回来了？房里没有声音。再呼几句，仍没有回声。七公就以为是自己人老耳背，错听了信息，也就自个儿在厨房里洗他的澡。如果不是今天日头大，穿得多，闷了一身汗，加上又在六奎子家多喝了几杯，嘴巴油渍渍的，七公也懒得洗这个澡。

七公的澡洗得很顺利，顶多一支烟功夫。在七公尚未穿好衣服时，七公又听到了房间里隐隐约约的响动声。伸个指头往耳朵里挖了挖，再拍一拍，张耳细听，房间里确实有响声。七公蹑手蹑脚来到房门口，对着门缝一望，眉毛立刻就竖了起来：一个黑影，正在敲他的木箱！

七公默无声息地以最快速度赶赴宝爷家。不多久，七公屋前屋后就围了二十多人。宝爷、七公、福嫂、亮婶，还有发叔，五个人出现在七公的房门口。"嘣、嘣"，谁在里面？快出来！这是宝爷的声音。房里响了几下，就静了。

七公打开门锁，宝爷等几个人就钻了进去。木箱已被敲烂，里面全是糖果，没有被吃的迹象。七公的房屋，上无楼板，空空荡荡的。显然，房门上那把锁，只能算是个装饰物。五个人在七公房里搜了一通，什么也没发现。七公抬头往房梁上细望，有个黑影伏在其上，七公想喊，被宝爷扯了一下衣角。

接着，宝爷出奇地狂哭："恶贼啊，你可知道，五十年前，你们的作为，曾使我老婆子赌气身亡，害得我打了几十年单身。这还不算，那年周村全叔的儿子得了病，你们这些梁上君子，竟把他家中仅有的 200 块钱给偷了。这对你们来说，是发了一笔不小的财，可他呢，他失去了他的儿呀！"可以说，宝爷的泪是第一次对着大家流的。

宝爷的哭声感化了亮婶。亮婶的眼泪也流了出来，她一边擦泪一边说着："天打雷劈的贼哟，我闺女原本好好的，只因你们这些没心肝的，偷了她的金戒指，小两口吵架不算，还离了婚。现在我那外孙没有了父亲，多可怜噢！"

福嫂也哭了，边哭边骂："没家教的东西，腊肉我可以不吃，可那是我一年劳作换来的呀，你不知道，为了喂那头猪，打猪草时，我三次从五米多高的山坡上跌下来，现在还在吃药。"

七公也骂："兔崽子，你要吃糖果，我有的是，何必敲烂我的木箱。那口木箱是老婆现存的唯一嫁妆，你把它敲烂了，得了什么好处？不错，我是有点钱，像你这样穷得只想偷，不如和我打个招呼，我给你三百、四百！"

发叔是个五保户，颇有感受地说："没出息的东西，何必做贼呢。唉，都怪我管教不严，要不我儿忠明也不会出去做贼，也不会被人打个半死，也不会因为残废被水淹死。造孽呀！"发叔的哭声叫人心酸。

三男二女，一哭一唱，在七公房里轮回上演。屋外的人不明真相，个个走了进来。

突然，一滴泪水从房梁上滴下来，正好落在宝爷脸上。宝爷用手一摸，热腾腾的。宝爷说："都进来干什么？大家回去吧！"众人不愿离去，宝爷就凶："叫你们都回去，怎么？耳都聋了？"

众人被搞得莫名其妙，不欢而散。

这以后，太平村再也没发生过一起贼案。

# 威　胁

春节到，家人聚。

这不，一年到头很少光顾乡下这间茅草屋的陆志伟，就携了他的妻儿回来了。

陆爷瞅着那个胖乎乎的小孙子，喜得硬是合不拢嘴。

目睹这间茅草屋，陆志伟仿佛又回到了他的童年。娘死的那年，他正在念小学，三个姐妹为了挣些工分，相继辍学。后来，村里念书的人就愈来愈少。那时，他确实也不想再念下去，于是就背了书包在山上玩。这让陆爷知道了，一根竹棍赶了十条田埂，打得陆志伟屁股流血。可一两天后，陆志伟依旧逃学。一次，陆志伟端着那碗红苕夹米饭，被陆爷一把夺了过去，那碗被摔得稀巴烂。陆爷吼着说，娃娃崽呀，你不上学，就别想吃饭！

在那个年代，饿的惩罚比打骂更有效。陆志伟在陆爷左一句右一句"不上学，就不给饭吃！""不好好念书，就不给饭吃！""不考上大学，就不给饭吃！"的威胁声中，跳出了这间茅草屋……

除夕的餐桌上，满是陆爷眼中颇为丰盛的佳肴。

然而，孙儿正带着一群农家娃在水田边放鞭炮。一家人准备团年，就差小孙儿了。

陆爷要去叫他的小孙儿。

陆志伟说：爹，别管他，咱们吃吧！

陆爷说：那怎么行呢？这顿饭是团年饭，不管大小，都应该一起吃的！说完，陆爷就出了门。

陆爷对着田埂上调皮的小孙儿喊：豪豪，豪豪，快回来，吃饭啦！

孙儿连看都不看一眼陆爷，仍在那里砰砰砰地放鞭炮。

喊了一阵，陆爷就想走过去抱他孙儿回来。可是，陆爷才靠近一步，那个小孙儿就跑远三四步。陆爷拿他没一点办法，就骂：豪豪，你再不回来，就不给你饭吃！

他的小孙儿听了，高兴地说：好呀！好呀！谢谢爷爷！

陆爷只得摇头而归。

陆志伟见爹吃得不香，知道是因为豪豪没来的缘故。于是，陆志伟放下碗筷，站在门口喊：豪豪，你再不回来，我今晚就罚你吃三大碗！

这下，小豪豪回来了，气喘喘的。

陆爷边吃饭边纳闷着：这孩子到底哪儿不舒服，怎么就这么怕吃饭呢？

陆爷打算饭后再问这个问题。

# 桥

准确地说，从王家湾到思坪村只有五华里，从思坪村到王家湾还是五华里。

一条常年不涸的乌水溪，把王家湾和思坪村划得很彻底。溪左是人多日子富的思坪村，溪右是傍山而驻人少家贫的王家湾。乌水溪穿山而过。因此，在王家湾至思坪村的道上，便走出一条曲径过山的老路。如果按这条行径来计算，从王家湾到思坪村的路程不是五华里，而是八华里。

王家湾人在祖辈留下的这条八华里曲径山道上走了一代又一代。弯弯曲曲的山路给了王家湾人从未有过的困惑。终于，王家湾人感到愧对自己的后代：在水一方的思坪村中心小学，抬头即现眼前，可七八岁的娃儿们却走得很是漫长。于是，就有人家家户户去建议，要求每人集资 10 元，在乌水溪上建一座桥，以缩短王家湾与思坪村的行径。全村人对这个建议很赞成。不出半月，3000 多元的集资建桥款便汇集到了老村长手中。

天气虽然变冷，但王家湾人心里个个热乎乎的。砍树的砍树，抬树的抬树，打桩的打桩……乌水溪畔围满了全村的男女老少。

初冬季节，乌水溪上终于架起了一座杉木桥。

从此，王家湾人便勤于往思坪方向跑，哪怕是家里缺了一根缝衣针，他们也乐陶陶地往思坪村走一趟，不全是为了买那根针，而是想在那座百米长的乌水桥上走一走，享受一番那种人走桥中央的乐趣。因了那座杉木桥。王家湾到思坪村的路程缩短了三华里。

一场大雪把过年的气氛带进了王家湾。鹅毛白雪连续下了一天一夜，漫山遍野，洁白一片。

正月串门的时候，王家湾第一个早行者发现：在王家湾至思坪村的道上，雪地里印着一朵朵梅花印。早行者知道，这一定是老村长家的大黄狗留下来的足迹。梅花印印到乌水溪畔的杉木桥边时，桥头重叠着一大堆梅花印。早行者在杉木桥边略加思索，不敢轻易上桥，而后，就踩着梅花印顺了原来的老路，曲径过山，直达思坪村。早行者的脚印深深地刻在雪地里，很显眼，很坚决。于是，王家湾的第二个外出者踏着雪地里留下的人行足迹，进一步走实着这条老路；第三个、第四个、第五个……无数个冬天的外出者把先前的梅花印路走得雪融路现。等这条老路被踩得烂渣如泥时，乌水桥上仍然积着一层厚厚的雪，平平坦坦。

王家湾人在原来那条曲径老路上差不多又走了半年时光。可是，乌水桥上的积雪早已融化，只是再也没有人路行其上。

崭新的杉木桥就这样独单单地横在那儿。桥下溪水淙淙。

王家湾人自己都不明白，为什么大家不走直桥宁走弯路？尽管大家心里都犯难，但真正轮到自己上那条道时，他也是毫不犹豫地选择老路，曲径过山。纵有不想绕道的行人，也只能在乌水桥边把脚迈上去几步，见桥有一丝晃动，立刻返了身，哀叹着踏上了原来的老路。

开学的时候，天天听到王家湾的大人们撑开嗓门喊：娃儿，上学千万不要过乌水桥，走老路！至于他们为何这般叮嘱，他们自个儿心里无底。

乌水桥在春风春雨中长出了无数的小嫩芽，也长出了一层黑绿绿的苔丝……

几年后，乌水桥终于在路人的视野之外垮掉了。究竟怎么垮的，人们不知道。

# 1976 年的鱼

炸鱼计划是我酝酿已久的。那几天，我时刻都在琢磨着这个问题：洪水过后的黑山水库不会没有鱼！

我的明智判断曾让我变得非常勤快。那段时间我用不着母亲唠叨，甩了书包，就去砍柴。我砍柴的地方就是黑山水库的那座小山坡，尽管那儿柴源稀少。我不是为砍柴而砍柴，我在乎的是鱼，是水库洪道下那个小水潭里的鱼。潭水齐膀子深，由一些乱岩杂石堆积而成。半个月前那次洪流，我就亲眼看到朋子在那捡到一条鱼，巴掌大，肚子带红，是条鲤鱼。山里娃眼里放飞的多是鸟，对于鱼则是倍加珍爱。这就是我炸鱼计划的历史根源。

我不知道我的炸鱼计划怎么会让毛狗知道。毛狗尽管和我打过几次架，但他的表现却让我感到比打破他的鼻子更为满意。要不是毛狗近来常常主动帮我砍柴，我是不会同意他加入我的炸鱼行动的。当然，二吉是我主动邀的。二吉爹是村长，他家有雷管炸药导火线。没他不行。

我们的炸鱼行动选择在一个汗涔涔的星期天中午。前期准备工作就在我家的猪栏楼上进行，那里堆了很多稻草。二吉的鼻涕是习惯性的，像两条毛毛虫。我躲在稻草里轻声问二吉：偷了几节？二吉一边推拉着他那两条毛毛虫，一边往猪栏楼上爬，兴奋而谨慎地说：一节，就一节。我身旁的毛狗于是全身都在颤抖，嘴里露出激动的笑。二吉呼呼爬上来，喘着粗气从怀里掏出那节类似于甘蔗的炸药，说：够了吧？够了吧？我像剿匪片中的山大王一样做了个鬼脸，毛狗和二吉立刻就变得谨慎起来。我们的动作还是惊动了楼下的猪，只听见猪"咕咕"地呼了几声，接下来嘴巴就啪啪啪地嚼动着。猪是娘的劳动成果，猪的叫声很快唤来了我娘。这是我们想不到的。正当我们三个小心翼翼往竹筒里灌炸药时，娘背了一筐猪草回来。娘在猪栏门口擦着汗徘徊着，全然不知稻草丛中的三个阴谋者。我们像三只正在孵蛋的母鸡，一动不动地窝在草堆里，汗水渗着稻草的草末像无数条虫在身上爬行着，弄得我们全身火辣辣痒酥酥的。

我用事先备好的小竹筒盛了炸药，里面安插一支带导火线的雷管，然后筑上干土，再裹上几层塑料，便组装完山里娃深水弄鱼的爆炸工具了。我们逃避了母亲的目光，蹑手蹑脚来到黑山水库下那个小水潭边，俨如立马要对付一头熟睡的烈犬，心情变得既紧张又激动。毛狗出力最少，因此只能干放哨的活，一要防备家人追过来用竹条子抽屁股，二要防备局外人跑过来捡便宜。我用绳子将炸弹绑了块小石头，二吉负责点导火线，我负责甩炸弹。我们约定的动作是：二吉点燃后，我数到三，然后就甩，然后我们就跑。

毛狗在我还没开始数数时，就没命地钻进了树林里。不一会，我们听到一声巨大的轰响。远远地，我们看见水潭里蹿出一线水浪，直冲天空，像后来看《西游记》里沙和尚出水时的情形。可是，当我和毛狗往水潭方向跑时，二吉却在那里吼叫：妈妈娘啊——那真是二吉的哭喊声。因为他一只手在不停地流血。我似乎更关注潭里的鱼。其实，没有鱼能让我关注。我甩出的炸弹因为捆绑不牢，半空中离了石头，落在水面上，成了一响浮炮。二吉手臂上那个刀口倒是让我有点害怕，白生生的骨头都被切出来了，虽然不是炸开的。怪就怪他二吉取鱼心切，他被石刀割了一刀。炸鱼前的豪言壮语已经经不起血的考验了。二吉扶着那只血手仍在哭喊：哎哟——哎哟——妈妈娘啊。如果不跑，我们的屁股就会和二吉一样挨竹条之苦。显然，跑才是比鱼更重要的事情。我和毛狗放着哭喊不已的二吉，各自逃之夭夭了。

时间是调节人心情的最好良药。太阳西下时，我和毛狗东躲西藏往家门口移。我们用笑试探着父母对我们的态度。当然，必要的惩罚，我们是有准备的，谁叫我们用雷管炸鱼呢？更何况一条鱼也没炸到！

吃过晚饭，母亲用衣袋兜了几个鸡蛋，带着我去村长家看望被石刀切出骨头的二吉。二吉正在吃饭，左手缠了布带，吊在脖子上。二吉见了我，一脸兴奋，他摆弄着碗里那条鱼说：尝一口吧，这是我们今天炸的鱼，就这一条。二吉还说，你们跑了之后，水潭里终于浮出一条鱼。

望着二吉碗里那条鱼，我喉咙像卡了鱼刺一般。

# 阿　黄

　　冬天里的第一场雪下得很让吴达失望。往日里，碰上这种天气，只要进山转一圈，总会有点收获，比方说一只野鸡、两只毛兔什么的。今天他吴达空手而归，连开枪的机会都没有。吴达长长叹了口气，嘴里冲出一道白色的哈气，操他娘的，狩猎季节却狩不到猎，真霉气。吴达挪动了一下身上那杆老铳，噗哧噗哧沿着雪路下来了。

　　这时，三只寒鸟唧唧地从身边飞过。凭他祖传的狩猎经验，吴达马上意识到：周围有猎物在临近！

　　吴达钻进路旁一棵松树脚下，端着枪，目光直直地盯着那条弯弯曲曲的雪路。猎物终于出来了：是一条瘦得像一把弓的灰狼，嘴里还衔着一条小黄狗！

　　看得出，饿狼又在山下犯了狗咬狗的罪恶。吴达熟练地端稳枪，左眼一闭，便放出一股强大的火力。灰狼应声倒在血泊中。

　　吴达用猎刀敲开灰狼的黄牙，嘴里的小黄狗还在呻吟着，背部留有两道血牙印。

　　从此，鸡公山间的那间破茅屋里，便有了犬吠声。

　　吴达三岁那年，母亲偷偷跟着一个收山货的男人下了山，从此一去不返。吴达是在父亲的猎枪下长大的。八年前，父亲把那杆猎枪交给他，直挺挺地入了黄泉。吴达靠那杆猎枪和那间破茅屋过生活。自打救了那条小黄狗后，吴达的生活仿佛充实了许多。猎物也多起来了。小黄狗在吴达的疼爱下，已经长成一条威风凛凛的大黄狗。大黄狗每天跟着吴达上山，与他同吃同住，像是通了人性，百般地护着它的主人吴达。

　　吴达亲热地呼它：阿黄。

　　一次，吴达带着阿黄来到鸡公山脚。阿黄鼻子对着路面一闻，飞也似的朝前窜。阿黄立在前方一处草丛边狂叫。听到阿黄不一般的叫声，吴达知道阿黄一定是遇到了什么不明之物，于是加快脚步，朝阿黄奔去。一看，草丛里躺着一个头发零乱、衣着破烂的女人，不省人事。吴达背着女人急忙往茅屋里跑。

　　一碗糖水进口，女人醒了，眼泪汪汪的。女人说丈夫是个刀杀的，从外面带女的回来，而且要把她赶出家门。她不肯，遭了丈夫一顿毒打，丈夫还要两个男人强行拖她进鸡公山……

　　吴达很气愤。吴达说日子不好过就留在这里，给你捕山珍吃。女人留了下来。阿黄很通人情，自从屋里有了女人，它也不再与吴达同睡，而是恭恭敬敬守护在屋外。

　　吴达的猎物多了，上山收兽皮的人也就勤了。日子一久，来他家收兽皮的男人就和吴达亲似兄弟。

　　吴达和阿黄上山狩猎去了，收兽皮的男人就呆在屋里与女人瞎聊。聊熟了，两个人就偷偷上了床。收兽皮的男人要女人下山跟他过生活。女人不从，说吴达救了自己的命，他一天不死，自己就一天不下山。收兽皮的男人听后，默默地走了。

　　一个月后的一天，收兽皮的男人提着两瓶白干，说是要与吴达一醉方休。收兽皮的男人和吴达各执一瓶，你来我往地喝。三杯酒下肚，吴达就不行了。先是肚子痛，接下来就鲜血直流。阿黄见状，冲着那个收兽皮的男人狂叫。吴达微微呼喊着阿黄的名字。阿黄跪在吴达跟前，使劲地摇头摆尾。吴达说了句阿黄你要保护你嫂子，便一命呜呼。阿黄守着吴达的尸体狂叫，黄豆般的泪珠翻滚着。

　　女人扯起那个收兽皮男人的衣角嚎叫着说，你好心毒。男人一巴掌扇过来，说，你不是说等他死了才肯跟我下山么？现在，他死了，我们下山吧。男人话声刚落，阿黄便扑了过来，咬着男人的大腿两边摆动。男人痛得杀猪般地喊。女人见状，吼了一声阿黄。阿黄伏在女人脚前，悲哀哀地叫着。

　　女人埋了吴达，跟着收兽皮的男人走了。

故乡的云朵

从此，阿黄也离开了那间破茅屋，不知去向。

春秋二载，吴达的坟头上已长满了青草。一天，一个女人跪在吴达坟前，泪水涟涟地说：吴达，我对不起你，是我害了你呀，那个臭男人他不得好死，他把我当做货物卖……冷冷的风，吹拂着女人凄凄的情。此时，守护在坟堂上方茅草里的阿黄，哀哀地呻吟着。

阿黄暗暗地尾随着女人下了山。女人像从前那样强露着笑脸走进那个收购店。阿黄远远地躲在店外窥视着。

狗气相通。突然，店内跳出一只大狼狗，朝阿黄这边奔赴过来。两条高架子狗以及那令人发怵的叫声，立即吸来了三三两两的路人。照两条狗的阵势，眼看着收购店外即将发生一场凶猛无比的狗斗。狼狗仗着它的高大和肥壮，狞牙利齿朝阿黄疯咬过来。阿黄左闪右蹿，乘机反扑。狗叫声引出了收购店里那个男人。男人一眼就看准了是阿黄。阿黄仿佛也看清了这个男人就是几年前陪主人喝酒的那个。男人发了疯似的命令着他的大狼狗：阿宝，狠命点，咬死那狗日的丧家狗！

大狼狗似乎明白了主人的意思。攻击更加猛烈，更加恶毒了。阿黄的背部已被撕开一大块皮，露出了两排疤痕斑斑的狗牙印。阿黄两眼红得像血球。以牙还牙。突然，阿黄趁势朝地上一滚，扑地一声，一口咬住了大狼狗的下喉管，接着就是亡命地撕扯……

男人急了，迅速进店取猎枪。但未等男人出来，大狼狗已被阿黄咬得两眼微闭。

"闪开！闪开！"男人端起枪对准了阿黄。

阿黄倏地朝人群里钻。围观的人群纷纷避让。阿黄随着人群逃得无影无踪。男人气愤地对准那条快要断气的大狼狗就是一枪，嘴里骂道：狗日的，真没用！

没等男人收好枪，阿黄不知从哪里跃了出来，一口咬着男人的右手。顿时，男人的两根指头被咬掉一大截。男人捧着血淋淋的右手，嗷嗷地叫。围观者呆若木鸡。阿黄再次扑入男人的腿间，"咣"地一声，男人双腿跪在地上，裤裆里血流如注。

男人的弟弟赶来了，端起枪对准拼命外逃的阿黄。"砰"地一声，阿黄左腿被打成两截。阿黄拖着那条断腿，惨叫着朝鸡公山方向跑。

男人的弟弟扶起男人时，才发现男人已失去了男人最重要的标记。

后来，有人在鸡公山上吴达的坟前看见一条死狗，那就是阿黄。

# 掌上的战斗

泥娃扯了根狗尾巴草，放在手心里，双手合掌，露了个掌孔，然后合在嘴边，喊：黄子——黑子——溜——溜！

田里的鸭子听到喊声，呼呼呼地在青禾田里钻，发出嘎嘎嘎的叫声。

泥娃翻开手掌，不见"小狗"出来。泥娃再次合掌，对着掌心那节狗尾巴草猛喊：黄子——黑子——溜——溜……这回，泥娃的手掌心里就有两只小黄蚁在爬动。泥娃坐在田埂上，用心地看着这两只小黄蚁爬呀爬的。泥娃那双黑乎乎的小手，对那两只小黄蚁来说，就像一个宽广的运动场，令小黄蚁爬不着尽头。即使小黄蚁爬到了泥娃的掌边，泥娃也会让它们进入另一个掌心广场。

在这寂寞难忍的田埂上，没有同伴，无人诉说。泥娃只能用这种方式，度过这段看鸭子的无聊时光了。当然，面对这种简单游戏，泥娃也不可能更深层次地组织它。泥娃知道，自己的主要任务是看好田里的鸭子，特别是不要让鸭子在他玩耍时不声不响地钻到下面的早稻田里吞谷穗。那将会招惹一场横祸。记得前几天，自己也在这丘田里放鸭，一不留神，鸭子钻到了下面的早稻田里，被村人报了信，屁股上挨了父亲重重几掌，还给别人赔了八斤谷子。泥娃一边把玩着掌上这两只小黄蚁，一边抬头环视着禾田。只要禾田里有禾苗在摇动，那就说明自己没有失职。

玩得正兴的泥娃脸部抽搐了一下，他觉得他的小鸡鸡被什么东西重重地咬了一口。泥娃吹掉了手心里那两只小黄蚁，两只小手便立刻在那敞了口的裤裆里忙碌起来。泥娃嘴里骂着乡下那种很土很土的话，双手在他的大腿间翻看着。这时，泥娃从他的裤袖上找到了刚才咬他鸡鸡的小东西，那是一只很肥大的黑蚂蚁。

泥娃决定用一种很恶毒的方式处死这只黑蚂蚁。

泥娃选了块不很平整的石头，将黑蚂蚁放在上面。黑蚂蚁或许知道自己惹了祸，在石头上拼命爬行。显然，这只黑蚂蚁要比刚才那两只黄子黑子要刺激得多。泥娃开始往石头上吐口水。泥娃吐的口水很快形成了一个海洋的包围圈，黑蚂蚁爬行的范围因此也就慢慢缩小。泥娃的口水仍在不停地往下吐。黑蚂蚁已经挣扎在泥娃那大泡小泡的口水里。泥娃看得很激动，嘴里不时在说，唔，唔，看你还敢咬我的鸡鸡不？淹死你！

黑蚂蚁在口水中划破了一个又一个水泡，企图往干处奔。泥娃深深吸了口气，在黑蚂蚁前面吐了一口份量很足的口水。这回，泥娃有些心软了，他承诺道：只要你游过这条河，我泥娃就不整你了！黑蚂蚁像是听懂了泥娃的话，比先前更加努力了。就这样，黑蚂蚁用了近五分钟的时间顺利地爬到了岸上。

泥娃觉得应该放走这只黑蚂蚁。可一旦放走，泥娃又觉得自己太寂寞了。就在这时，泥娃发现了另外一只蚂蚁，那是一只同样肥大的黄蚂蚁。泥娃一手捏着一只蚂蚁，将它们的头碰在一起。两只蚂蚁于是开始对咬起来。这可是泥娃从未玩过的游戏。黑黄蚂蚁已经在互相撕咬了。泥娃将它们放在自己的手掌心。两只蚂蚁并没有因为获得暂时的解放而逃之夭夭，而是一如既往地拼杀着。

黄蚂蚁因为个子偏大，很快占了上风。黄蚂蚁已经咬住了黑蚂蚁的脖子。黑蚂蚁在痛苦地挣扎着。泥娃觉得这太不公平了。于是，泥娃将两只蚂蚁弄开，重新为它们设计一场战斗。这一次，显然是泥娃帮的忙，黑蚂蚁占了大便宜，它咬住了黄蚂蚁的一只腿。然而，几个回合下来，黑蚂蚁渐渐支撑不住了。最后，泥娃不愿看到的一幕又出现了：黄蚂蚁咬住了黑蚂蚁的脖子，黑蚂蚁只有挣扎的份儿。看到掌上的这场战斗，泥娃心凉了，他骂道：太气人了，我要你黄蚂蚁死！

泥娃将黄蚂蚁肥大的屁股扯了下来，黄蚂蚁那颗咬着黑蚂蚁的头，也就只得跟随黑蚂蚁爬动了。泥娃将黑蚂蚁放生在那片寂寞的田埂上。

掌上的战斗结束后，泥娃飞快地往下面的禾田里赶。

泥娃看守的那群鸭子，已经在下面的禾田里战斗了好一阵子。有的鸭子已经吃得饱饱的，正在田埂上整理毛发。

太可怜了，黄蚂蚁，太可怜了！泥娃一边赶着鸭子，一边想。

## 像水一样

　　大贵家的那头瘦肉猪支了架以后食欲大增。大贵女人给她家的瘦肉猪扯猪草。大贵女人爬到黑山水库的堤岸上，一片青悠悠的莲子草诱着她。大贵女人踩着乱石往上爬，脚一滑，就滚进了黑山水库。绿黑的水面顿时圈起道道涟漪。大贵女人像条快被打捞出水的鱼，挣扎了几下，就乏了力。扑腾腾的水面翻了几个水泡，就包容了大贵女人的一切。鱼儿看不见她的泪，因为她在水里，水能感觉她的泪，因为她沉入到水的心里。

　　两天后，大贵在黑山水库找到了自己的女人。大贵女人肚子胀得像个孕妇，漂浮在水面上，捞起来时，身体很多部位已被鱼儿咬得烂渣渣的了。

　　大贵女人的这种死法让村里人很为难。支书多金说，大贵女人的尸体绝对不能往村里抬，抬回去会遭晦气。支书多金说，大贵女人的丧事放在山上凑合着，宰了大贵家那头瘦肉猪即可。支书多金还说，大贵女人的尸体只能葬在黑山水库一带，葬远了，没人敢抬。大贵没来得及正正规规地哭上几声，他的女人就简易入土了。

　　大贵女人的坟就葬在黑山水库大坝对面的小山头上。

　　黑山水库是村里的大水库，截了一条长年不枯的溪水筑成，两面夹山。水库距村不到一公里，山风吹拂，松涛声声，碧波粼粼。夏季，这里曾是男人们和娃儿们钟爱的好去处。但自从大贵女人淹死后，村里人就变得心有余悸，提起黑山水库，个个心里发麻。村里的放牛娃和砍柴郎对黑山水库更是惧而远之，他们害怕那绿得发黑的水面，害怕那残花败草的亡坟。

　　有两个人对黑山水库毫不惧怕：一个是大贵，另一个就是支书多金了。大贵的很多日子都在黑山水库边度过，大贵几乎每天都要上一趟黑山水库，他喜欢独自一人坐在自己女人坟边抽闷烟。偶尔，还在坟头扯一扯杂草。人们发现，这个往日里喜欢咧着牙床嘻嘻大笑的大贵，现在却变得有点神经兮兮了。一个人来，一个人去，很少与人搭话，像是他的嘴巴已经失去了说话功能。大贵女人死的那年冬天，支书多金就承包了黑山水库，他在水库里投放了上千元的鱼苗。支书多金喜欢上黑山水库是看他的鱼。支书多金经常要去查看水库涧水口的水道，给鱼儿们割青草。支书多金看见大贵坐在坟堂边，从喉管里哼了一声。大贵也不搭理，还是一个人蹲在坟边抽烟。蹲久了，大贵就到水库口坐下来，把那双毛茸茸的脚伸在绿黑的水里，任小鱼儿在趾缝间游窜。大贵望着这片绿黑的水面，两眼泛泛的，好像一定要等他的女人从水里走出来。支书多金先是和大贵打了几回照应，见大贵沉默得像头牛，就再也不当大贵是活物了。

黑山水库除了死了个女人外，又出了个神神秘秘的大贵。村里的娃儿就更加不敢上那儿洗澡了，他们不仅害怕水里有女鬼扯脚，更害怕那个神神秘秘的大贵，万一哪一天神经短了路，加害自己。

端午节那天，支书多金提了一串粽子去大贵家。大贵娘说，大贵在屋背后磨刀。支书多金听到"磨刀"二字，心里哆嗦了一下，但他马上就整理好情绪，试探性地走到大贵身边。大贵就当支书多金根本不存在似的，一个劲地磨他的刀。支书多金说，大贵，有个事，想和你商量商量。大贵将柴刀举起来，瞟了支书多金一眼，也不说话，只是用大拇指在刀刃上试了试。这时，大贵娘过来了。她说，大贵呀，多金跟你说话呢，你怎么这样不知好歹。大贵停止了磨刀，将脸转向支书，冷冷地说，说吧。大贵这种态度有点类似于一个凶犯在杀人前的那种姿态，这未免让支书多金在心里少了几分镇定。支书多金递给大贵一支烟，说，我想让你帮我看护看护黑山水库。支书多金见大贵没有抽烟的意思，就划了根火柴，走过去，他要给大贵把烟点上。支书多金继续说，大贵兄弟，你也知道，黑山水库的鱼已经两年多没捞了，有人想打水里的主意。大贵扬了扬刀，没有回答。支书多金把握不准大贵的心思，但他还是继续把话说完。支书多金说，至于报酬嘛，大贵兄弟，你放心，我每个月给你 30 元。大贵娘立马接过话，说，多金呀，这个好说，反正我家大贵每天都要去一趟水库，他老婆都死两年了，他还念着她，现在变得这样疯疯颠颠的，真是作孽呀！支书多金虽然得不到大贵的正面答复，但他还是满意了，因为大贵没有当面反对，只是不吭声而已。支书多金知道，憨憨的大贵没有吭声的事，往往就表示同意。

雨水在端午过后就一直没有停歇过。满山遍野湿漉漉的。针叶状的松树叶里浸满了雨水，微风一吹，唰唰地飘落在大贵脸上。大贵每天依旧要去一趟黑山水库，风雨无阻。

雨水最狂的那天下午，支书多金有些熬不住了。他要去黑山水库看他的鱼。连续半个月的雨水，使得平日里干枯的大小山溪黄水潺潺。平时寂静静的黑山水库，现在已是满库黄流，奔腾不已。行走在水库的大坝上，俨如行走在汪洋里，一股肃杀之气扑面而来。

支书多金隐隐约约看见大贵女人的坟堂上挂了件衣服。支书多金知道大贵就在左右。支书多金抹了一把脸上的水汗，喊：大贵，大贵！

大贵正在水库出水口撬塞闸。修水库是有讲究的，出水口往往配有一排塞闸，不到万不得已时，塞闸一般不开。黑山水库的七个塞闸，已被大贵挖开了两个。两股身子粗的洪水从库底下喷射而出，足有两个人高。大贵正在紧张地挖第三个塞闸。支书多金冲下来了，他嚎着：你妈妈的大贵，你疯了？我的鱼还要不要？啊？！

塞闸一开，鱼会流失的。支书多金就亲眼看见一条巴掌大的草鱼，顺着那股洪流冲了出来，像高射炮射出的一发炮弹。支书多金指着那条被甩在岩石上的大草鱼，在洪流声中扯着嗓门叫：你妈妈的大贵，你看，那是我的鱼！大贵还在挖那个塞闸，被支书多金扯住了。大贵支起手里的锄头，红着眼说，你的鱼算个屌，你抬头看一看，那是什么？

支书多金看到了水库堤坝上那道明显的裂缝。

大贵仍在那里挖塞闸，根本不把支书当回事。大贵说，你担心你的鱼，我担心我丛菊的坟呢！

支书多金和大贵都知道：一旦水库决堤，洪水将横扫下游的一切，包括村庄和大贵女人那堆高高的亡坟。

# 老夫老妻

　　孩子们像秋天蒲公英的种子撒得很远，夫妻俩仿佛又回到了那年轻岁月。不过，老妻已经没了从前对他的那份顺从，那份温情。她已经看透了这个老者的所作所为：总喜欢将家里的点点滴滴变得像屠户手下的一头猪，挂起来，用刀慢慢割，骨头是骨头，里肉是里肉，容不得半点含糊，即使是天大的错误，也都是他的对。现在不同了，她没有必要受那份阂气。她的孩子们都已经大了。

　　这样的场面，在农村里，往往就是你不料理我，我不理睬你。受你一辈子的气也该结束了，遭你一辈子的压迫也该翻身了，儿女没有我的功劳，也有我的苦劳。有儿女在，到底谁依赖谁？因此，分住是再平常不过的了。何况他们都老了，没那份欲望。他们俩正是这样的典型。

　　是老夫先提出来的，说：血压那么高，要你上城里小儿家住一阵子，把血压降下来，你偏不听，整天背着猪草筐爬山坡。妈妈×，你这么不听老子的话，我让你一个人过！

　　自然，她就没了从前那种惊讶表情和痛苦心情。她变得倒是很轻松，她毫不退让地说：和你这个鬼打的住在一起，简直就是受罪！

　　事情就这么简单。

　　他们分住了，而且一分就是三年。这三年里，他们的孩子想了很多办法去撮合他俩，都变得毫无效果。其实，他俩之间根本没有什么仇恨。她后来因为头晕，也不再喂猪了，干干脆脆呆在乡间的老屋里享清福。可他们就是不愿在同一口锅里吃饭，在同一张床上睡觉。他俩的言语也格外地少。孩子们知道自己无能，没办法，孝敬起来也只有二一添作五，一人一半，丝毫不偏袒。

日子就这么过着。它像老夫烟管里的烟雾和老妻碗里的糖水，在有滋有味地延续着。

这晚，老妻正在房间磨磨蹭蹭折叠着她的衣服。老夫在门外喊：在吗？还是他对她曾经惯用的称呼语，没名没姓的。她知道，自从跟了他，他就从没正儿八经呼过她的名字，好像她根本就没有名字似的。老妻知道是这个鬼打的，不耐烦地应着：呕什么？这是她对他惯用的回应语。对付他这号人，她一个"呕"字，足可以把他说得一文不值。

想进来看看。老夫说着。接下来就是一阵干咳。

老妻说：有什么好看的？她仿佛还有一肚子怨气未散，没给他什么好言语。

老夫没了声音。只是时断时续地咳着。老妻根本没睡着。门外那个鬼打的还在咳。她也习惯了，他咳了十几年。只是以前他咳时，一般会伴着严厉的吼骂声。今晚却没有。

第二夜，老夫撑了木棍来到老妻房门前。也是那样的问，也是那样的答，同时伴随着老夫的咳声。

第三夜，老夫几乎爬到了老妻房门前。还是那般的问，还是那般的答。咳声不断。当然，门外老夫的模样，老妻是无法看清的。

第四夜，用不着老夫发问，老妻的房门早早地对他开放着。老夫强撑着身子，趸了进来。这晚，他们睡在同一张床上，说了大半夜的话。他们说着过去他俩是如何认识，如何相爱，如何结婚生子，如何吵架。他们像一对新婚夫妻，有说不够的话，说不尽的留恋，说不出的激动。直到他们都说累了，才一个个进入一种无声世界……

天亮时分，老妻发现身边的老夫手脚完全僵硬。她抱紧他，千方百计地温暖着他，却怎么也暖不醒他那双睡眼……

她下了床，烧来一盆热水，给他洗了一把脸，梳了梳他的头发，然后整一整被子，端端正正地为他盖上。

她决定告诉儿女们迟早要听到的那个不幸：他们的爹已经走了，就在昨晚。走得很安详。

# 伤心理由

　　秋天本是个谷物飞扬的季节。但对德康爷来说，那是个魔鬼之日。就在去年秋天，德康爷走进了医院。那可是他有生以来在医院呆的最长的一段日子。在那红十字架十分醒目的白砖碧瓦里，手脚麻利的德康爷被彻底地束缚了。德康爷只得像个茄子一样蔫在那张不算洁白的病床上。这样的日子该是庄稼人痛痛快快忙活的时候，而我只能这样不情愿地躺着，躺着，真是作孽噢。德康爷这么想的时候，眼泪就不由自主地溢了出来。其实，这热乎乎的眼泪，他的女人和儿子早就替他哭过无数回，只是不想让他见着而已。有关他的病，尽管封得很紧，可还是让他猜透了几分。德康爷知道，他的女人和儿子越是安慰他，就越证明他的病无药可救。两个多月不明不白的吃药、打针，还是让德康爷感到自己的时日已经不多了。德康爷执意要离开那幢令无数病人充满着新生之欲的白砖碧瓦。回到自己亲手刨制的老木房，德康爷就有一种病愈的感觉。秋天是水果成熟的季节，大儿子的车一天不跑，就要赔进一天的养路费。还有小儿，他虽是个二十岁的人了，可打禾这农活他是累不过去的。想到这些，德康爷仿佛觉得身体硬朗了许多。秋天的太阳依旧像火一样烘烤着大地。人们还是看到德康爷在农田里开心地收割。死亡总像个赶不走的幽灵，对着某些人形影不离。德康爷没这般准备。当死神的脚步跨进德康爷家门时，德康爷的脚再也站不起了。于是，德康爷的家又恢复到往日的悲凉之中，只不过多了分热闹而已。看到德康爷整日整日地躺着，他的女人儿子还有他的同情者们便用眼泪和哀叹诅咒这个该死的恶魔。大儿子已经十天不跑车了，这段时间跑车的生意很好，上次有人要运货去云南，那可是笔好生意，因为我的病，儿子丧着脸不肯去，昨天又有人要运货去海南，一年难得盼上几回的生意又泡汤了。哼，不争气的身体哟，不死不活地拖着，已经把家里的老本给蚀了，还要蚀进去多少呢？对了，小儿子还有十天该去黑龙江淘金了，去年不发财，今年总该把本搬回来吧，家里就那点指望了，否则小儿的媳妇怎么娶得进门哟！德康爷在病痛中无数次地想着，想着，眼泪顺着他的脸流进嘴里，他也不想去擦，任其自流。他企图想用那咸咸的泪水去抑制割心般的阵痛。甭管德康爷怎么挤着痛苦的笑容安慰健康的生者，悲份依旧时刻笼罩着这个家园。德康爷房间的灯已是通宵达旦地亮着了。睡眠这种人性之本已经从德康爷身上彻底地溜走了。其实，德康爷的肚里埋藏的是撕心裂肺的叫喊。但德康爷的口始终没将它灌制成痛苦的声调，德康爷付出的代价就是眼泪。德康爷的眼泪已经流得十分可贵了。滴滴泪珠像放大镜似的，照着那一幕幕从前往事。咱五岁丧父，跟了娘乞讨了无数人家，上天赐给我这个要饭人的姻缘，十六岁那年我从河边捡到了我现在的女人，生儿育女，我过上了大人的生活，可那日子真是苦哟。儿女生下来没奶吃，为了那八两白糖，我硬是给别人干了三天苦力哟。分田的那一年，我掉了十斤肉，可那年咱家吃了一年的饱饭，真是快活死了！看看，楼顶那块杉木板还是分田那年我从楼溪买来的，那百多斤的木头我是一口气扛过了几个山头。哼！这样的好日子还没过上瘾，阎王就要我了……该想的都想了，而且是一遍一遍地想着。这就像战场上打仗一样，权当是一种片刻的休息。剧痛的"炮火"已经打响。这是个夜深人静的晚上，女人和儿子已被他拖得筋疲力尽了。已经半个月站立不起的德康爷今夜却站了起来。他望了望熟睡的女人和儿子，紧闭了一下眼。而后，借着微弱的灯光，双手扶着屋壁，摸上灶台，将手中的裤带搁在炕架上，结出一个圈。为了不吓坏醒来后的女人儿子，德康爷用力将口抿着，抿着……德康爷就这么去了。德康爷的这种去法却给自己留下了人生的一大败笔。村里人以"伤路"习俗给他办完了后事：死后临时做棺，尸体不能摆进中堂。出殡那天，村里人都把屋门关得紧紧的，生怕德康爷的幽魂钻进了自己的家。德康爷入土的第四天，大儿子的车轮驶向了远方。第七天，小儿子准时加入了村人外出淘金的行列。生活，在各种理由中延续着，延续着。

# 在我们回城的那个晚上

掰着指头算起来，我们三个来牛角冲扶贫整整三百一十四天了。是市建整办的同志格外开恩，允许我们提前一个半月撤兵。

来的时候，牛角冲是那样不堪入目，明天就要回城了，牛角冲又变得这般令人留连：小路，山塘，学校，住户。我们三个虽没给牛角冲带来多少资金，但我们扩修的马路，学校的水泥操坪，户户相连的自来水，都倾注了我们的心血。要知道，为了弄这些，我们可是装着龟儿子到处讨的钱呀。

组长阿彪将我和肖老大从支书屋里叫出来。我们走到一棵白果树下，组长的意思是请村里的同志们吃一顿饭。我和肖老大当然没什么意见。虽然这钱需要我们三个平均分摊。我看见聚在支书家的村长和会计已经出了屋门，他俩在叽哩嗦罗说些什么，见我们三个扶贫队员有说有笑往回走，他们变得异常兴奋，仿佛他们已经知道了我们会请他们吃一顿饭。

组长把请他们吃饭的事说给他们听，他们个个都笑了，个个都表现出了一脸谦和。老会计周昌贵试探性地说，那妇女主任呢？村长重重地吐了一口黄痰，随后用棉布鞋将地上的黄痰抹平，说，算了吧，潘茶花又不会喝酒。我们三个都表示不要紧，能去最好去。支书烧着我甩给他的那支烟一言不发，像是在考虑一件很重大的事情。大家静静地坐在支书家的火坑边。我瞄了一眼支书，支书的鼻孔里正直挺挺地冲出两股青烟，青烟在他面前盘了几道弯，袅袅绕绕散发在屋中央。支书冷静地说，加上罗贤早吧。

我们就去了毗邻的百阳县城。牛角冲虽归柳城县管辖，但离百阳城比离乡政府要近得多，这儿的人都习惯于跑百阳城。

名义上是晚餐，不到三点我们就开席了。参加宴请的是支书周昌平、村长潘仁福、会计周昌贵和民兵营长罗贤早，加上我们三个，一桌七人，位子倒不是很紧凑。

因为是我们请客，点菜当然是我们的份内事。组长阿彪每点出一道主菜，他们四人都表现出极大的兴奋，说，能饱就行，能饱就行。也没怎么阻止。他们相互之间借着烟火，一股劲抽烟，个个脸上堆了笑。在百阳城，200 多块钱就能让桌子丰盛无比，而我们的计划是每人摊销 200 元。因此，桌子上的盘子就一个重叠一个。喝的是湘泉酒，五十多度。我不怎么喜欢喝白酒，抿上一口，喉咙就像点了火似的。吃着吃着，他们就劝起我们的酒来，我们倒像是他们的客人了。显然，在喝酒问题上，我们三个不是他们的对手。

还没喝上一瓶，村长的儿子来了。他刚把头伸进来，就听见村长咬着一块肉在骂他：你真是只追山狗，追到这里来了！我立刻把村长的儿子拉上桌。村长儿子本来在乡中学念书，今天是星期六，要不，请他来也来不了呢！这小子，十三岁了，瘦得像个猴，鼻涕还呼噜呼噜的。村长给他碗里夹了两块扣肉，然后命令他把鼻涕擤掉。村长端起杯子，说，喝！

刚喝两杯，门口有人在喊爹。是支书的小女儿桂子。我们认识她，在支书家吃饭时，她还帮我们三个倒过洗脸水呢。阿彪放下酒杯，奔过去，将她牵上餐桌，并要服务员再拿一套碗筷。支书像没看见女儿似的，正回敬着肖老大的一杯酒。

会计周昌贵的牙齿基本上脱落了，可他还是喜欢吃鸭脑壳，他用一根筷子将鸭脑壳凿了一个洞，吸鸭子的脑髓。会计边吸边打量着门口，不一会，就听见他骂：你妈妈的×，真馋嘴，还不快进来！若不是会计自己介绍，我真不知道那个衣袖上满是鼻涕痕迹的小男孩就是他的孙儿了。

添了三个正在长身体的小家伙，桌上的菜就有了动静。

两条狗在桌子下打架。我立即将双脚提起来。有一条狗是会计家的，第一次去会计家时，我差点被这条狗咬着了。会计一脚踹在另一条狗身上，那狗就唱着哀歌出去了。那条狗可能是本地狗。

狗的战争刚停息，民兵营长的女儿来了。她几乎是带着哭腔进来的，她说，爹，这儿是金凤酒店，可你告诉我是在金凤凰酒店。

大家都觉得有些不好意思。还是组长沉着，他装着若无其事的样子，说，来，喝酒，喝酒！也是的，多么不容易呀，为了这顿饭，娃儿们跑了六七里山路。我吩咐服务员给每个小孩拿一瓶饮料。

第四瓶酒快见底了，他们四个没有醉的迹象，倒是组长阿彪有点不行了。四个娃儿早已踏上了回家的路。这是该好好喝一番的时候了。我必须出马了。我跟他们四人每人连喝三杯。我觉得我的脑血管一缩一胀的，有点像鸡啄米。

这顿晚餐我们吃了五个小时，都有点醉意朦朦。外面夜色低垂，华灯初上。

我们路过一家发廊时，三个小姐站在那儿，叫我们一律为大哥。我掏着手电筒对支书说，走吧。可是，老会计周昌贵却被小姐唤进了发廊。

支书要我进去喊他，他已躺在了按摩床上。他吞吞吐吐地对我说：这里的小妹说可以那个，我不走了，再说，你们来了快一年了，也没见给我们一分钱，不搞白不搞。

我觉得自己一身发凉。我不知道该怎么对组长说。

# 窗户里的城市

我的城市生活是在一间不足 25 平米的房间进行的。这里，住着三个渴望过城市生活的远方男人，包括我。在这个有限的城市空间里，我们的屁股每天发生着各种各样不经意的磨擦。我们的城市生活没有半点女人的清香，满屋子关的全是男人天然的狐臭、脚臭和烟臭。

我们三人都是从同一个地方下岗来到这里的。乐子和我都结了婚，而且都有了孩子，我们的孩子都在小学阶段，都处在长身体长智力的关键时刻。平子年过三十，一点婚姻的感觉都没有。用他的话说，男人的生活没着落，就不该有女人。这就有问题了，我不同意平子的观点。我不止一次地对平子说：穷生活也得有个女人。平子常常用他修长的指甲，刮着被热水泡胀了的乳白色的脚皮，不屑一顾地说，这个世界，钱就是女人，等老子有了钱，找个电视节目主持人也不是不可能。平子的话说得十分肯定，就如同他推销"日月健身宁"一样：有男人，就会有"日月健身宁"！

乐子在一家电脑公司打工，我在一家公司当文员。我们的城市生活白天互不相干。我们习惯于早早空着肚子出去，很晚才回来。我的工作性质让我有更多的机会占用我们共同租用的城市空间。我常常大白天里坐在窗前那张摇晃不已的破桌上给我的领导写一二三四五之类的讲话稿。美好的城市时光像墨水一样在我笔下流淌着。我们的房间只有一个对外窗口，窗户两边是高高的楼壁，往外延伸，可以看到城市一小段划满白线和红线的灰黑大道。那条道叫芙蓉路。街道对面是一家星级宾馆。只要伸伸脖子，我就可以看见宾馆门口那两个穿得很像俄罗斯人的保安，他们左肩挂着对讲机，一双洁白的手套十分礼貌地指挥着来来往往的车辆。

夜晚，我常常一个人坐在桌前，看窗户里的城市。城市高楼只允许我看到城市的一个画面。芙蓉路已经成了铅灰色，车子像鱼一样不停地来回游动，拖着泄洪一般的声音，此起彼伏。夜幕下的宾馆比白天华丽了许多，一排排红色的灯笼挂在底层，几排黄灯重叠而上，摩天大楼完全融入到暮色之中。对面的天空，零零星星嵌着黄灯和白灯。高雅的有钱人在宾馆门口出出进进，他们主人般地开启了城市上空星星一般的灯。

我正出神地望着宾馆门口那对情侣。乐子的钥匙响了。接着，他打开了我们共同的大门。乐子一声不吭倒在了汗味十足的床上，眼里一片茫然。我说，吃过晚饭没有？乐子摆了摆他猴子般的手，示意我不要问，让他休息休息。乐子常常用这种方式向我解释他的辛劳。我想告诉乐子，对面宾馆门口进去的那个男人很像平子。乐子的眼泪制止了我的话语。床上的乐子像变了态的雷公，先下雨，然后才打雷。他流了很多泪，才伤心地嚎叫起来：我被老板炒鱿鱼了！我说，你工作这么卖力，你们老板不应该炒你！乐子像个没有肩膀的熊，慢腾腾地坐起来，含着眼泪责怪着自己：都怪我，看到了不该看到的事情。接着，乐子就把他亲眼看见老板在办公室与女职员做爱的事一五一十告诉了我。我当然痛恨那个畜牲，给别人眼里灌了霉气不说，还要炒别人。的确是个畜牲！我想。我只有多骂几句畜牲，也许乐子才会心安。于是，我一连骂了三个"畜牲"：畜牲！畜牲！畜牲！

乐子还是交代了他有点饿。其实，我也一样，5块钱的盒饭，真他妈糟透了！人在心里的冤气得到彻底发泄之后，往往容易变得豪爽起来。乐子就是这种角色。灯光四射的夜晚，我和乐子来到城市人来人往的餐馆，大口地吃，尽情地喝。不管今夜谁来埋单，我们都应该这样。好不容易挣来的钱，就应该痛痛快快地花！我们都这么想。我们像美国电影里的同性恋者，在深沉的夜晚，搂搂抱抱回到了大城市里我们租用的狭小空间。平子已经睡得像头猪，香喷喷的。

天亮了，乐子像平子推销"日月健身宁"一样，四处推销自己。然而，每次回来，乐子都带着悲伤和衣入睡。平子也回来得比先前晚了许多。在这样的空间里，我的文字功夫就差远了，吐出来的都是些干瘪瘪的语句。我公司忙于召开订货会的那天夜晚，乐子从我们三人空间里消失了。

不久，平子的麻烦也来了。有个高个子小姐闯进了我们的房间。高个子小姐红嘴白牙地说：平子，你给我听着，赔老娘青春损失费20万！

我的小姐呀，平子那个兔崽子大小口袋翻个底朝天加起来也没200元，他哪来的20万！你果真想扯平的话，就把他留在床底下的那几箱"日月健身宁"搬去好了！我不止一次地劝阻着那个红嘴白牙的高个子小姐。当然，那个狗日的平子，早就小心翼翼地消失在我们的空间了。

高个子小姐找不到平子，就钻进我的房间说，你是谁？

我说，我是谁，并不重要。

高个子小姐说，怎么不重要呢？他现在坐"飞机"跑了，我当然只有找你了。

笑话，真是天大的笑话！我从领导的讲话稿里走出来，丢下手中的笔，对这个高个子小姐说。

他睡了我半个月，至少这个数！高个子小姐边说边伸出两个指头，在我眼前晃了晃。

面对这个无耻的骚货，我有点不耐烦了。但我立马又让自己镇定起来。我怕这个骚货真的发毛了，说我弄了她，那可就麻烦了。房间里就只有我和她。乐子早已失踪，狗日的平子也不知溜哪儿去了。我说，你要那傻数，你去找他。要不，你去拿他的东西。据他说，那"日月健身宁"很管用。

高个子小姐说，你不要跟我说这个，他坐"飞机"了，我只能找你。

我的姑奶奶，又不是我搞了你。再说，我对你也没那个欲望，我老婆长得很漂亮，我孩子也上大学了。我顺手拉开抽屉，取出我与老婆孩子的合影，企图亮给这个高个子小姐看。

高个子小姐当然不理会我那张幸福照片。她的手机响了。好像有男人在找她。高个子小姐说，今晚我还有事，但我告诉你，你的兄弟如果不给这个数，我跟他没完！

高个子小姐说完后，就踩着她的长马靴"蹬蹬哚哚"出了门，还把我的房门甩得砰砰响。

高个子小姐那个数是 2 万，虽然在原来基础上打下来九折，但也不是个小数目。我把这事告诉给了凌晨四点才回房的平子。平子叹了一口气，没说话。

　　几天后的一个夜晚，我跨进房间，里面乱糟糟的。我的桌上留了一张纸条，上面写着：大哥，我搬走了，给你留下 150 元钱，就当是我这个月的房租费。

　　狗日的平子真的跑了！乐子还是失踪未归。看来，我也得离开这个城市空间。说不定那个高个子小姐正在路上呢。

　　第三天，我照平子留给我的纸条内容，也给乐子房间留了一张，还压了 200 元。

　　独守大都市一角。我想念起很多人。

## 村官康强

下班回家，家门口摆了一双裹满黄泥的烂解放鞋。单凭这双鞋，我就知道家里有故人来了。

果不然，沙发上坐了一个头发零乱、衣着破旧的黑脸汉子，正和我父亲在唠叨。黑脸汉子见了我，直呼我的小名："山山，山山。"

我定眼一看，是家乡的康强叔。

康强叔牙齿和他的手一样黑，眼睛却很有神。我坐在对面沙发上给康强叔敬烟，康强叔双手接烟，嘴里艰难地说道："果……果么好的烟，呷……呷……呷一根。"康强叔还是这样的口气，每句话到他嘴里就变成了简短的诗。

父亲坐在一边直冲我笑。我知道父亲在笑什么。我感觉康强叔的到来，使我对故乡又多了一份眷念。

说实话，我打心里很愿意和康强叔叙叙旧。小时候，家乡没电，夏日的夜晚，我们这些顽童们大多喜欢坐在土地庙旁的青石板上，听康强叔讲古。尽管康强叔口吃得相当厉害，但我们还是喜欢听。康强叔擅长于讲鬼。每每讲到可怕之处，我们几个顽童就缩成一团，竞相拥在康强叔跟前。

康强叔讲古是有条件的：要么每人给他扇 100 下蒲扇，要么每人在他头上挠 100 次痒。扇扇是要用力的，大伙多选择挠痒。在康强叔头上挠上 100 次痒，我们的手指都变得黑油油的，一股汗臭味。这时，康强叔的古也讲完了。

康强叔的古讲得很有吸引力，却吸引不了女人的心。康强叔至今仍单身一人。过去穷，加上成分不好，讨不着女人，现在条件好了，康强叔成家的心又冷了。

父亲告诉我说："你康强叔当村长了。"

听了父亲的话，康强叔就咧着嘴对我笑，说："那……那……那算……什……什么官。"但我还是从康强叔的脸上，看到了他的兴奋。

康强叔说，村里的年轻人都去了海南、广东，中年人进了城，拖板车的，杀猪的，搞搬运的，到处都有，村里没人愿意当这个村长，他就当上了。

父亲代康强叔说明了他的来意：康强叔想修通村里的公路，还差些钱，就想让在外工作的人捐点儿款。

康强叔一边认真听，一边将嘴合了又开，开了又合，憨憨地注视着我。

我说："捐点款可以，但不是很多，一来我们单位也要垮了，二来我还有两位老人跟着我生活。"

康强叔立刻兴奋地说道："是……是……是。"

康强叔走的时候，我拿了 500 元，其中 400 元当做修路的捐款，100元送给康强叔。

为给村里筹措更多的修路款，我按照康强叔的意思，把捐款的事一个个告诉给在外工作的半坡村人。也有不愿捐款的，罗志华就是其中一个。罗志华的单位不错，还能发点奖金，但罗志华就是不理这套，他说：村里那么多人都不捐，难道就只有我们在外工作的人走那条路？

我在电话里说：志华，你也不能这么说，咱们半坡村人本来就穷得叫响，他们能够想到把路修通，而且愿意出劳力，这已经很不错了。

我不知道罗志华后来到底捐了款没有。

总之，村里的简易公路半年后算是修成了。那天，康强叔从镇里打来电话，说是想在村里摆几桌酒，邀请我们这些在外工作的半坡村人回乡庆祝一下。

当时我要出差，没去成。

出差回来时，父亲告诉我，康强叔出事了。

父亲说：罗志华的烂吉普车回半坡村时，陷进一个泥坑里，让山上放牛的康强叔看到了，他跑下山帮忙推车。车子推出来时，像一条受惊的鱼，速度很快，车子后面的康强叔顺着车冲了出来，一头就跌在路边一块大石头上，脚伸了几下，就没气了。父亲说这话时，表现出一脸的悲伤。

清明时候，我和父亲一块回乡下扫墓。跨进半坡村的道口，只见一块巨大的石碑竖在公路左边，上面写着我们这些在外工作的半坡村人的名字和捐款金额。我的名字后面跟了 500 元，罗志华的名字后面跟了个 200 元。

康强叔的坟就在这条公路上方的一个山头上。坟上早已挂满了白色祭纸。

听村里人说，为了修这条路，康强叔几天几夜没合眼，他还把自己攒下的 28000 元养老钱垫到里面，罗志华的那 200 元也是他垫的。立碑时，康强叔说：不能给在外工作的半坡村人丢脸，应该使他们的善举让后人知道。

听着听着，我落了泪。我决定请石匠把路口那块石碑改一改，上面添上一行：公路总指挥，盘山县千龙镇半坡村村长康强。

# 扶贫点滴

### 一、刚狗

单位的车把我、阿彪和肖老大运到乡政府后，司机在街上买了一串猪肠子，就一股烟地回去了。乡长说石羊硝村来了人，接我们进山。说着，那人就来了，叫刚狗。刚狗穿了件败色的黄军衣，嘴里含着喇叭筒旱烟，一根扁担横在腰背上，双手捏了扁担头，很像一个活脱脱的"本"字。刚狗不大爱说话，偶尔只是对着我们笑一笑。他从衣袋掏出一圈绳，将我们的生活用具捆成一担，然后吱嘎吱嘎领我们进山。深秋的太阳很毒，照得路面升腾起一股热浪。我们三个扶贫队员撑了伞，跟在后面。刚狗见我们跟不上，就放慢了脚步。刚狗的脸晒得像只红螃蟹，他不停地用军衣擦着汗。刚狗其实没当过兵。身上穿的那"军衣"是街上买的，8块钱。我问他累不累，他朗朗地答，想当农民，就得吃这把苦。我们三位一脸尴尬。快到村口时，刚狗一再要求我们将伞收好，图个好印象。他说，前年来了一伙扶贫的，撑着伞满山遍野赶野兔，还钓了不少鱼。他们一再解释，是村长要他们这样做的，真没办法。

### 二、村长

村长是位白发稀少的老人，一颗牙都没有，对人笑时，像一道战壕。村长家门口有颗苦楝树，太阳出来的时候，村长就会在苦楝树下晒太阳。村长过早地穿起了棉衣，还戴了顶棉帽，有点像座山雕的装扮。村长没日没夜地咳，有严重的气管炎。村长的痰像一颗颗黄色的围棋子，循序渐进地摆到地面上，可是用不了多久，就全被村长家的那群鸡给啄了。村长是客气的，常常挽了厚厚的衣袖要给我们淘米弄饭，都被我们制止了。我们已经学会了怎样弄柴火饭。那天，我找村长谈，想让他休息，把村长的活让给其他人。村长用厚厚的衣袖擦着眼睛，表现出一脸的感激。村长说，我老了，喊不动村里的人，只有被人喊动的份。村长艰难地撩起那条黑卡几棉裤，把他的脚伤露给我们看，那是半年前去乡政府开会，被狗牙拉伤的。村长可以随便骂人，全村人他都敢骂。村长资格老，没人敢还他的嘴。村长现在骂不着人了，可以劳作的男人十有八九进了城，拉板车，搞搬运，女人好像也去了不少，在城里人擦皮鞋，贩菜卖。只有刚狗家热闹一些，几个会玩牌的老人和妇女在他家搓麻将，打吊吊牌。村长擦完眼泪后就要去捉鸡，他要宰一只老母鸡给我们吃。我们想吃，但又个个说不想吃鸡。因为我们已经看到了村长家的鸡有抢吃村长黄痰的习惯。村长以为我们不吃鸡，就说，那就要支书弄一只鸭来吃吧。

### 三、支书

支书简直就是个笑神。哪怕死了老婆，他可能都在笑。很多人告诉我，支书还没当上支书时就是这个模样。因为这个模样，支书曾被刘乡长掉了包。那次，村里超生五胎，跑了四个，捉到一个。县里管计划生育的副县长来这里现场办公。乡长要支书把情况说给副县长听。支书笑盈盈地、一五一十地把情况说了。副县长一脸不高兴，当着乡长的面骂道，严重超生，还笑，难道超生得有理吗？乡长就立即改变了计划，没让支书现场办公，要他在家里撑鸡毛，搞午餐。支书在我们进村的当天晚上就找到我们，说，你们来得正好，又有一个快生了，是第五胎，人在浙江。支书几乎是笑容可掬地把这信息告诉我们。支书的意思是让我们去杭州，如果条件允许的话，带他一起去，他没有去过杭州，只是听古人说"上有天堂，下有苏杭"。支书有个女孩在那里打工，三年没回来了，钱也寄得少，他早就想去一次弄个究竟。支书也惯于骂人，但由于笑意太浓，骂得有点不痛不痒。被骂者也根本不当他在骂人，相反，有点像表扬人。支书笑意浓浓地骂那户想在杭州生娃儿的人：狗日的，还生什么娃，有四个女，足可发财了，你看人家晚秀婆！

### 四、晚秀

支书嘴里的晚秀婆确实很幸福。她早早地死了男人，出手却很大方，每次赶集，她经常提着一大堆新鲜猪肝回来，衣服也穿得花花绿绿，棉棉柔柔。晚秀生了七个，前四个是崽，后面的全是女。俗话说"老来靠崽"，可晚秀逢人就说，靠崽靠个屁！晚秀才不稀罕那四个崽呢，两个成了家，日子过得很艰难，老三经常带女的进屋，上个月自家的半边瓦屋就被一个女的父母带了一帮人给锤烂了。老四三十多了，整天在山上捉蛇，搞得屋里不敢踏步。晚秀靠的就是那三个女。海南和北海经常寄钱来，而且一寄就是四五千。乡邮政局的人都认识她晚秀婆，都对她尊敬有加。我们的扶贫是从开会开始的。想不到第一次会就开得让人心酸。晚秀婆第一个站出来唱反调，她明确表示不愿参加，还公开地说，开会误工，就得给误工费。村长拖着棉布鞋亲自出马调和时，晚秀婆已离了会场，下山而去。有人在山路上碰到晚秀婆，她说她进城去。晚秀婆在城里有一间大房子，是三个女儿给她租的。

# 官 疗

柳局长退休不到一个星期，他的心脏病就暴发了。医生说老柳的心脏每分钟只跳40下，随时都有生命危险。

于是，单位的叶局长率领两位副手一同去老柳家看老柳，以显示晚辈对前辈的尊爱，尽管柳在位时曾和自己拍过无数回桌子骂过无数次娘，但那都是过去的事，不能让人看破坎儿，说什么人走茶凉之类的难听话。

还只退休六天的柳局长简直判若两人，双眼乏力，说话像是怕痛似的，头发也睡得零乱不堪。问他好些吗，他只是努力睁着眼，将头点了点。

"老领导，有什么要求，只管说出来，我们会尽力解决。"叶局长边和老柳握手边说，随行的两位副手也这般附和着。

"能不能让我继续留在单位？"老柳说，"不当一把手，当个协理员什么的。"

这是叶局长一行万万没想到的。然而，叶局长还是立刻说道："求之不得，求之不得呀，我马上向上面反映反映。"

床上的柳局长顿时双眼发光，倏地一下直起身，但马上又被叶局长一行按了下去，说："睡着好些，睡着好些。"

老柳的这一要求，几次在垂危时提了出来。叶局长很过意不去。心想，你妈那个鸡巴，你再当（领导）也当不了好久，瞧你那张脸，像是刚从土里拉出来的。于是，叶局长就毫不犹豫地答应了老柳的要求。

答应后第二天，老柳又恢复了往日的威严，在这个单位的楼梯过道上走来走去，或者在这个会上强调几点，那个会上补充几句，然后在临近下班时，一头钻进单位那台小车内，一溜烟地出了单位大门。

人们根本看不出柳局长有什么病。相反，他好像比以前更富有朝气，更富有活力了。

　　以前，柳局长跳上一曲舞，总要休息两三曲，可现在，他曲曲不放过，他的舞总是跳得富有激情，花样百出。

　　这一切，也是叶局长始料不及的。叶局长甚至怀疑这个老狐狸是不是还想夺他的位，再当一届局长。

　　老柳根本不像是一位心动过缓的心脏病患者，他的一举一动仍显得那么有条理、有气派。特别是他夜晚时的舞姿，颇具欣赏性。

　　好景不长。半年后，单位出现严重亏损。上级要求一方面扭亏，一方面减员。

　　老柳于是被"精简"回家。

　　第三天，老柳的心脏病又犯了，连呼吸都很困难。

　　老柳进入了休克状态。医生建议转院。

　　单位的车装着休克的老柳开出了医院大门。

　　当车经过音响专卖店时，老柳突然苏醒了。老柳说："跳、跳舞。"车上的人莫名其妙，但老柳还是那么反复强调。大伙便将老柳扶进了舞厅。此时正值夜晚，跳舞的愈来愈多。

　　舞蹈音乐将老柳从死亡线上拉了回来。

　　舞女们一个个被老柳转得晕头转向。

　　老柳又成了原来的老柳，很有朝气，很有活力。

　　上个月，老柳所在的单位垮了。

　　老柳的心脏病发作得非常严重。

　　曾经主治老柳这病的马大夫说："跳舞能弥补心动过缓之病状，这真是奇迹。"而这种奇迹又偏偏发生在老柳身上。

　　马大夫悄悄将这一情况告诉柳夫人，说："老柳要想活下去，只有继续当官，否则，无药可救！"

## 这孩子干吗要像我

这段时间，有个令我担忧的消息不断传入耳中：对面楼里那家康耐公司有位女职工的儿子长得很像我。

起初，同事都这么说，我不以为然。然而，领导最近也这么说。这就让我不得不正视这个问题了。我决定去对面那个康耐公司看个究竟。尽管我从没去过那。甚至，我连康耐公司经营什么也一无所知。

根据议论者提供的线索，我找到了康耐公司的李菊花。就是这个女人，她生出来的儿子长得与我特别挂相。我敲响了设计室的门。我说：请问，你们这里有位叫李菊花的人吗？那个穿条格码长裙的女人对我投来一丝微笑。她说，找我有事吗？我说，其实没什么，只是想认识认识，我在电视台上班，就在你对面。她说，我知道。她这么说并不让我感到惊讶，因为我每周有三次机会在电视上露面，喜欢看《情系一线》节目的观众，很多人认识我。说实在的，我在对面上班五年多了，从来没碰到过这个把头发整理得像宋庆龄模样的女人。或许，我只顾经营我的《情系一线》，无暇顾及节目以外的其他人。李菊花先是给我倒了一杯茶，然后挪了挪裙子，小心翼翼地坐在椅子上。我每天面对各式各样的人，话语连珠，可我现在却有点难以启齿。我没有把我找她的目的告诉她，只是要了她办公室的电话号码，喝了一口茶，便离开了。

我躲在厕所里给李菊花办公室打电话。电话正好是她接听。我说，我是对面电视台的瞿国民。她嗯了一声，表示知道了。我说，李菊花小姐，有空吗？她说，是不是想单独约我？我嗯了一声。她说，我儿子今晚要补课，恐怕不行。我说，我明晚正好没节目，我们去喝喝茶，绿茵阁茶楼，八点钟，怎样？李菊花表示同意。

这晚，我早早用过餐，还特地换上了我不做节目时穿的那套休闲装。我想，今天我不是去做节目，而是面对一个儿子长得和我十分相似的年轻母亲，心情应该随意一些才是。跨进绿茵阁大门，我和她相遇了。她也换了一身很休闲的晚装。见了我，礼貌地和我打招呼。

我们在靠近中山路一角的地方，选了个茶桌坐下。服务员立刻跟了上来，她摆正了桌号牌，沏了两杯绿茶，然后将手里的圆珠笔往夹板上一按，笔尖弹了出来。服务员边问边准备记录：两位想喝什么茶？李菊花显得落落大方。她说，来一杯菊花吧，少加点糖。轮到我问答了。我不知道喝哪种茶好，也就跟了句：一样。服务员又问：要加糖吗？我说，好的，和她一样。

我们都很斯文地用吸管吮着茶杯里的菊花茶。该我开口了，我说，李小姐，知道我约你的目的吗？她用手捋了右鬓一绺发丝，然后用另一只手撑起她微尖的下巴，很自然地说，知道，因为我儿子马可长得有点像你！我说，真是这样的吗？她顿了顿，说，也不全像，只是我儿子的神态和你很像，还有走路的动作。我觉得有点不可思议。我问，你儿子马可今年多大了？她说，十三岁，读初一了。我说，这就怪了，我从来没见过你儿子马可。她说，可你做的节目，他从来都不间断地看，已有几年了。我无奈地说，是吗？她微笑着点了点头。

我说，你先生在哪？他是不是也和我很像？李菊花用她那洁白的牙咬了咬嘴唇，坚定地说，我儿子没有爸爸，从小就没有！我先是一惊，但凭我多年做情感类节目的经验，我马上调整了自己的心态。我说，是不是他离开了你和儿子？她说，不，他压根儿就没有走进我的生活。我开始把话题往轻松的方面挪，可她并没有跟着我的思绪走。她说，马可是我的私生子！我像被电触了一下，心中为之一紧。不过，我还是调整过来了。我说，可以说说吗？李菊花把头抬起来，望着我，说，你真的想听？我默默点了点头。

她笑了笑，叹出一口气，有点像讲故事地营造着故事的开头。她说，那是我大学毕业前的一个晚上，男朋友把我叫过去。我没想到，他是在向我摊牌。他说他父母不同意我俩的关系。一气之下，我发疯似的跑出男朋友所在的那所学校。可当我跑进校外那片桃林时，我被人捂住了嘴……我在第一个单位上班不到半年，我的马可就来到了这个世界。懂事的马可经常问我，他有没有爸爸。我回答他，爸爸出国了，在很远很远的地方。一次偶然机会，我和马可看了你主持的《情系一线》节目，里面讲的正是一个年轻家庭，年轻的爸爸也在国外，母子俩在思念中坚强而幸福地生活。之后，你的《情系一线》便成了我和马可必看的节目。马可看不到他爸爸，但他非常崇拜你，还天真地认为，只有你，才能将他爸爸从国外唤回来。你的一举一动，竟成了我家马可模仿的对象。马可每次来我办公室玩，总爱伏在窗前看你忙碌的身影。想不到，这孩子越长越像你了。真不好意思。

曾经失败的婚姻，让我没日没夜为《情系一线》而努力，我也收获着多少真情带来的感动，但眼前这个女人以及她的孩子所做的一切，却让我溢出了感动的泪水。我说，我可以为你做一期节目吗？李菊花笑得很腼腆，说，不好吧，他真的很像你，难道你就不怕？

我大笑着，说，怕什么呀，我又不是你故事里的负罪男人！要知道，你上学的地方离我上学的地方相隔十万八千里呢！

不过，我真的弄不明白：这孩子干吗要像我？

# 父亲的油钱

　　我在市里开会的时候，老婆来了个电话，说是我的父亲母亲昨天晚上不吃饭，两人顶了嘴，而且父亲要求回老家烧木炭去。是因为父亲的油钱。事情的经过因为在电话里说不清。总之，是父亲掉了油钱。确切地说，是父亲的油钱被一个女的给骗了，买回来一桶水。

　　几天后，我回到家。父亲母亲还是相互不理不睬。他们俩在我面前情绪都很低落。我知道父亲还在怀念那60块被骗的油钱。在父亲眼里，钱就是汗水。打我懂事时起，我就知道父亲挣钱的方式：在家乡的山林里挖一个大土坑，砍来一大堆杂木，一截一截砍好，密密麻麻插入土坑里，用稻草裹上，再铺土，使劲地筑，然后点火，烧它三天三夜，等烟口冒出白烟来，用手在烟口一米处测试一下温度，觉得手烫得要命，就封窑口。过上一天一晚，再在土窑腰部挖开一个道口，够一个人爬进去，将里面热乎乎的木炭一根一根移出来，然后挑到山外的集镇上卖。这便是父亲的收入。我常常跟着父亲去看他的炭窑，当他满脸大汗从窑里爬出来时，他简直变了一个人，和我后来从电视上看到的非洲人差不多。父亲在窑里往往只能呆上几分钟，窑里的温度太高，父亲受不了。父亲每次从窑里爬出来时，总要跑到附近的山溪口去冷手，父亲一边跑，一边嘎嘎地吐出墨汁般的痰球，还不时对我说，不好好念书，将来就是这样生活。也许是父亲用这种方式让我努力改变我的生活。1986年，我考上了警校，在县城一个派出所背短枪。我把苍老的父亲母亲接到我身边，融进了我的城市生活。

　　我安慰着父亲，不就是60块钱么？我少抽几包烟不就得了。父亲低着头，没有说话。母亲则在一旁眯笑。也许母亲已经想开了，何况那钱又不是从她手里骗走的。我还是努力安慰着我的白发父亲，并给他讲了些城里人有趣的事情。父亲终于肯与我搭腔了，可他仍然没有一丝笑意，他仍在怀念那60块油钱。

事情的经过是母亲背地里跟我说的。那天，父亲母亲两个人去上街，在一个十字路口站了一会，对面有个妇女朝我母亲笑。父亲问我母亲，你认识那妇女？母亲说不认识，我还以为她在朝你笑呢。父亲母亲正说着话，那妇女走过来了，是个矮瘦矮瘦的中年妇女，瓜子脸，脸上的土斑印子多，穿一件花条纹棉衣。那妇女紧张而又轻声地对我父亲哀求说，大叔，我是外地人，在这里做生意，前几天我们从火车南站偷了一些茶油，现在要回家了，没路费，想把那二十斤油卖给你，便宜一点算了。那妇女所谓的便宜，其实开价也高，要6块。一直以来，父亲母亲就管着我家的伙食，知道家里正缺油。就说，3块。那妇女还了个5块5。父亲不同意，坚持出3块。父亲的想法是好的，乡下茶油4块5，何况你这油是偷来的，也能正当里卖？因此，那妇女就把价格压到5块、4块5、4块、3块5。父亲执意只出3块。那妇女见我的父亲母亲要走，没有买的意思时，便松了口，3块。20斤，60块。父亲母亲连菜都不去买了，两个人抬了那桶"茶油"往家赶。炒菜的时候，母亲喊不好了，那油根本就不是油，底下全是水。

事情就这样。

可是这事却让我的白发父亲一直闷闷不乐。

半个月后，我正回所里，干警小亮和王军正在审一个人，说是卖假油的，而且是个女的。不用我说，那女的正是我父亲扬言烧成灰他也认得的骗子。小亮正给那女的开罚单，准备放人。见了我，小亮说，所长，这家伙卖假茶油，骗人。我走到小亮桌前将那张罚单拿到手里，说，小亮，这1000元罚款由我来付，不过，我要这家伙到行骗的所有地方再露一回脸。小亮和王军都懵了，说，所长……我摆了摆手，示意他们不要再说了。那女人听我这么一说，汪汪大哭，她一再要求愿意掏钱受罚，不肯再回老地方。我说，你不愿意，我拘留你半个月，再说，你这罚款我愿意承担，我保证对你的生命负责，不过，你骗来的钱可要如数奉还啰。妇女哭着想着，最后才勉强答应我的要求。

当然，这妇女挨了不少臭骂，她的棉衣扣子被人拉掉了好几粒。

父亲开笑脸是后来的事。父亲对我说，今天终于让我碰到了那个女骗子，还在老地方，我冲上去一把拉住她，要她还钱，我还想把她拉到你们派出所去呢，她奶奶的，骗老子，60块钱是小事，她也不看看我是谁，骗到派出所长的老子头上来了，这不有损你派出所长的名声吗？

父亲将那60块钱交给母亲时，还在骂那个女的：她奶奶的！

# 一笑而过

庞元兵现在就走在长沙南部一条黑乎乎的巷子里。巷子很窄，湿漉漉的地面让钻巷的摩托碾过之后，发出一阵类似于撕胶布的声音。庞元兵肚里的酒没有让他踩到一个水洼子。庞元兵现在已是兴奋到了极点，他还怕什么水洼子！

这条潮湿狭窄的长沙巷子对庞元兵来说，是再熟悉不过了。每天上下班他几乎都要从这儿路过。庞元兵已经把这条巷子叫成了"摸奶巷"，因为他经常在这里和迎面而来的女人胸贴着胸挤过去。庞元兵于是就想，在这条巷子里，肯定有人摸过女人的奶子。庞元兵只是这么渴望地从这里来来回回，但他没有摸到女人的奶子，相反，他被别的男人给摸了。前天，一个小个子男人在与他胸贴胸时，摸遍了他的全身，他当时想叫，却被一前一后的另外两个男人用刀子堵住了嘴。庞元兵这两天浑身都没劲，他被那三个屌男人摸走了200多块。

庞元兵这顿酒缘于他的同事李欣欣。爱好用 QQ 聊天的李欣欣，整个下午都在和那个名叫"无限性趣"的 QQ 好友言来语去。那个未曾谋面的 QQ 男人说话是那样幽默，感情又是那样细腻，聊得李欣欣心花怒放。在李欣欣脑海里，那个男人应该不会亚于濮存昕。因此，我们的李欣欣就很快答应了与那个男人共进晚餐。庞元兵本该下班后去买菜，他老婆上午已在电话里反复交代过，晚餐的菜由他庞元兵负责买回，可他的同事李欣欣却死活要扯他一起去赴那顿激动的晚餐。李欣欣说她怕控制不了局势，再加上庞元兵前些天损了财，不吃白不吃。因此，庞元兵也就豁出去了。

庞元兵非但没受李欣欣的聊友半点歧视，还立马被那个绝了顶的男人称之为兄弟。李欣欣很狡猾，见那个男人脑袋秃成驴样，脸就拉得比撞进了男厕所还正经。李欣欣坚决不肯喝白酒，虽然我们的李欣欣酒量大得可以放倒几个男人，她只是喝了两瓶易拉罐饮料，就早早开溜了。

秃顶男人许是因为李欣欣的提前离去而变得酒量大增。他和庞元兵称兄道弟地消灭了两瓶老白干。秃顶男人将手里的烟屁股一个接一个甩在地上，地上就处处冒着袅袅细烟，活像刚放了一挂鞭炮似的。秃顶男人用力啐了一口痰，然后将屁股移到庞元兵座位边。秃顶男人红着眼，望着庞元兵，慢慢地，秃顶男人已经抱住了庞元兵的一只手，酷似品茶时将茶盖在茶杯口上柔软软地磨。庞元兵的醉意这时就消了，他觉得很不对劲。庞元兵机智地将那位秃顶男人的手挪开，说：兄弟，你没醉吧？

秃顶男人伸着长长的脖颈说，醉？我才没醉呢，不信？上我家再喝一顿！秃顶男人说这话时，已经像打太极一样鳖出了门口。庞元兵追了上去，扯着那个秃顶男人的衣角说，兄弟，上哪去？秃顶男人尖着嗓门说，回家！老子要回家！他还在庞元兵那只扯衣角的手上重重地来了一拳。庞元兵一转身，就遇上了那位矮矮墩墩长得像个伙夫的老板。老板手里捏着账单，说，一共是280元。

秃顶男人有去无回了。庞元兵这时才意识到自己的不幸。这顿饭成了别人请客他庞元兵买单。这是他万万想不到的，幸亏他口袋里还能翻出吃喝的钱，要不，他就麻烦了。

酒量很不一般的庞元兵这时已经醉了，他歪歪斜斜地钻进了那条"摸奶巷"。酒气和怨气在庞元兵的体内不断地搓绳索，搅得他的脑血管亦胀亦缩。现在的庞元兵已经不把任何东西放在眼里了。

庞元兵的肚皮已经被另一张热烘烘的肚皮给贴住了。接下来，他就感觉他下面的小兄弟挨了痛。这时，酒醒七分的庞元兵清楚地发现：和他贴肚皮擦过的这个男人正在摸他的裤子口袋。庞元兵呼出一口酒气，吼道：你妈那个巴子！顷刻，前后就过来两个男人，他们手里亮出了刀。庞元兵也不知从哪里来了劲，飞起一脚踢翻了前面那个持刀者，几乎就在这一瞬间，庞元兵双手捏起那个摸身男人的脖颈，然后，像提起了一只鹅，转了身，将摸身男人的背对准后面那个持刀者。

摸身男人在喊饶命了。庞元兵叫道：饶命？老子今晚早就想死了！

兄弟，有话好说！有话好说！持刀的那个人将刀子收了起来，摊着双手说。

被庞元兵捏着脖颈的那个男人手脚正在跳舞。被踢翻在地的那个男人很友好地往庞元兵口袋里塞东西，并说，兄弟，放了他吧，有眼不识泰山，一点小意思，一点小意思！

庞元兵这时的醉意又袭了上来，他松开那只卡脖颈的手，双手合在嘴唇上，三个男人踮着脚走了。庞元兵"哇"了一声，三个男人顿时砰砰砰地跑远了。庞元兵双手捧了一大滩鸡肉、肚条、白菜以及香菇……

第二天上班，庞元兵迟到了二十分钟。昨晚，他和生气的老婆解释了很久。他说，他之所以没有买菜，是因为单位有事，领导要他陪酒，还让他报销了800元发票，发票款就在口袋里。庞元兵进办公室时，他的同事李欣欣正在用QQ聊天。李欣欣说，你想要QQ吗？我帮你申请一个！

庞元兵对他的同事李欣欣一笑而过，捏了一卷卫生纸去了厕所。

# 找个理由

王鹏进去的时候，局长正支着腿，左手叉腰，右手扶家伙，对着厕所的尿池撒尿。新年上班第一天，大家都会逢人说新年好。王鹏也不例外。王鹏说，局长，新年好！局长这时正在打冷颤，没说话，只是对王鹏笑了一下。

王鹏觉得局长的笑很不正常，好像是典型的皮笑肉不笑。顺着这点疑惑，王鹏终于想到了：局长的笑可能与自己没给局长拜年有关！

去年春节，王鹏给局长拜了年。虽然是个巧合，但毕竟给局长拜了年。去年正月初三，王鹏的铁哥们要他过去喝酒。王鹏就带了两条烟两瓶好酒过去了。哥们住四楼，但王鹏却敲响了三楼的门。门一开，王鹏就傻眼了：自己的局长正笑眯眯地迎着他，嘴里还说"快进来！快进来！你看看，还带这么多东西干吗？"这种情况下，王鹏只好进去。王鹏刚坐下，局长又抱着他那不满周岁的小孙子来到王鹏身边，说"乖乖！看谁来了，快叫伯伯！"王鹏礼节性地摸了摸那个小孙子的嘴巴。王鹏口袋里恰好备了一个打算给哥们小孩的新年红包。王鹏却犯了神经似的将这个红包塞到了这个小孙子怀里。红包刚打出去，王鹏就有点后悔了。王鹏只在局长家坐了一小会，就离开了。出了门的王鹏给自己狠狠扇了几耳光，自骂道：今天到底怎么了？全乱套了！这就是王鹏去年给局长拜的年。

王鹏一个上午都在想局长那副可怕的笑，越想越觉得大难临头。回到家，王鹏把这事跟老婆说，老婆眼睛瞪了他一下，好像不怎么在乎，继续看她的电视。去年给局长拜年，今年不拜了，这不明摆着看不起局长吗？王鹏越想越害怕。王鹏说，趁现在还没过元宵，给局长拜个年吧。老婆不高兴了，说，去年的事我还没跟你算账呢，你还想拜年！我问你，你那个狗屁局长到底对你有什么好？单位就你一个搞电脑的本科生，人家高中生都当科长处长了，你混了六七年，还没混出个名堂。再想着给那个瞎了眼的人拜年，我跟你没完！

王鹏感到非常为难。电视里的一对男女正在亲热。王鹏一点反应也没有。过了一阵子，王鹏说，总得找个理由吧！

老婆说，我们又没欠他的，找什么理由？要找，你自己去找，懒得理你！老婆有点迷上电视里那个男主角了，他把女人的情爱搞得异常火爆。

王鹏在老婆身边暗暗叹了口气。王鹏觉得自己有点鼻塞。就这点鼻塞，让王鹏顿时兴奋起来。王鹏想，要是自己感冒了该有多好。要是自己感了冒，就得进医院，自然就有理由不给局长拜年了。王鹏马上又使了使他的鼻子，好像没什么问题。王鹏走进盥洗室，用冷水洗了个头。洗完头，王鹏就出去了。王鹏迎着冰冷的寒风来到小河边，他在河边呆呆地站了一个多小时。回来的时候，老婆已经把晚饭做好了，蜷在沙发上看那部长长的情感电视剧。吃罢晚饭，王鹏仍觉得自己还是很清醒，头和鼻子都没任何异常反应。王鹏于是又想到了洗澡。王鹏很快就将自己脱得精光，钻进洗澡室里，第一次用冰冷的水给自己洗澡。冷水刺得王鹏牙齿打颤颤。洗完澡，王鹏也不烤火，也不看电视，独自进了房间。王鹏坐在书房里看书。看了将近几页书后，王鹏觉得还是没什么反应。王鹏索性就搬出了夏天用的那台风扇，对着自己猛吹。慢慢地，王鹏的鼻涕就被吹出来了，脑袋也有点不对劲。王鹏很高兴，一头倒在了床上。老婆入睡时，王鹏烧得像个火人，嘴里不停地说胡话。

很快，王鹏就被老婆弄进了楼下一家私人诊所。打完第一瓶点滴后，王鹏清醒过来了。王鹏惊奇地问老婆：怎么不把我送到三医院去？送我来这里干什么？医生走过来，准备给王鹏换第二瓶点滴。王鹏说，不用了，我去三医院。王鹏的态度非常坚决。老婆只得随他去三医院。三医院的医生认为王鹏只是个小感冒，准备给他开点药吃。王鹏坚决反对。王鹏说，我是来住院的，不是来开药的。医生被王鹏这一军将得很开心。很快，王鹏就睡在了三医院的病床上。

三医院离王鹏那个铁哥们家不远，当然也离局长家不远。王鹏支走老婆后，马上给他的铁哥们打电话。铁哥们来了。铁哥们对王鹏新年里住院表示很遗憾。王鹏毫不在乎这一点。王鹏要铁哥们回去后多说说自己住院的事，特别是要想办法把他住院的事散布给他的局长。王鹏的铁哥们原来和王鹏同在一个局，他当然认识王鹏现在的局长，王鹏的铁哥们虽然改行了，但这并不影响他与王鹏的关系。王鹏住院时的吃饭问题全都由王鹏的铁哥们负责。这对王鹏老婆来说，自然是好事。要知道，那部电视剧还长着呢。

王鹏的铁哥们提着饭盒下楼时，在局长家门口重重地踏了几脚。这时，局长家的门就开了，是局长。王鹏的铁哥们说，局长，新年好。局长见是他，而且手里提着一个饭盒，觉得自己开错了门，就点了点头，把门关上。第二次，王鹏的铁哥们给王鹏送饭时，又在局长家门口重重地踏了几脚。局长又开门了，有点不高兴，问："新年里，给谁送饭？"王鹏的铁哥们说："局长，你还不知道呀？王鹏大年三十就住进了医院。"局长马上想起前两天在厕所里碰到过了王鹏，就说："上班的第一天，我还看见王鹏呢！"王鹏的铁哥们说："他是带病坚持工作，回家后又不行了。"局长哦了一声，把门关了。

铁哥们把碰到局长的事说给王鹏听，王鹏既欢喜又担忧。欢喜的是，自己终于找到了"不给局长拜年"的理由，而且又间接地将这个理由告诉给了局长；担忧的是，怕局里的同事来看自己，更怕别人知道自己是刚住进来的，并不像王鹏哥们所说的"大年三十就住进了医院"，而且，王鹏住院得住到元宵过后，医药费算起来可不是个小数目！

就在王鹏住院的第四天，铁哥们带给他一个意想不到的消息：局长已经被检察院盯住了，有人举报他受贿。

王鹏感觉到自己一下子没病了。他打算今天就出院，单位还等着他上班呢！

# 不足之处

## 一

孙福民在办公室打了个转，小跑着进了厕所。厕所的两个蹲位正好空着一个，孙福民有点像捡了宝似的迈上去。孙福民刚蹲下，就听到处长的声音。处长在隔壁和他说，八点半在 315 会议室召开廉政建设汇报会。孙福民嗯了一声，下面就喷出了一串极不规则的声音，有点像打机关枪。孙福民本不想这么放肆，可他控制不了自己的肠胃，机关枪的声音变得有点像在撕烂布。好在那时，隔壁也噼里啪啦响起来。孙福民想，昨晚王老板那顿酒可把处里的人搞得差不多了。

八点半开会，九点没到齐，九点半才开始。首先是处长带头汇报。接下来是三位副处长按职位排列汇报，再接下来就是科长按提拔先后顺序汇报，最后是科员们汇报。因为事前单位监察部门发了表格，有具体的填表规则，大家都有准备，汇报起来个个有板有眼，头头是道。大家都围绕税务工作如何遵纪守法，特别是结合各自工作岗位如何拒请拒贿，谈了很多内容，也有人以"拒请××次"、"拒贿××××元"来表示自己的廉政业绩。在汇报结束之前，大家都按表格要求找了自己的不足之处，但每个人不足之处的条目都大于 1 小于 3。概括起来，大家的不足之处主要集中在以下三个方面：1. 劳动纪律不强；2. 政治学习不够；3. 工作不够主动。

## 二

下了 104 路车，时候已经不早了。即使 112 路车再怎么爆满，孙福民也得爬上去，因为下午三点半，处里要开劳动纪律汇报会。谢天谢地！孙福民终于在单位大门口遇上了处里的三个同事，他们都说午觉睡过了头，都有点责怪这昏昏欲睡的天气。上楼的电梯刚要关闭时，处长来了。处长在电梯里告诉孙福民几个，三点半在 315 会议室召开劳动纪律汇报会。孙福民几个异口同声嗯了一声，心里都在掂量着上班迟到与劳动纪律之间的关系。

三点半开会，三点二十就到齐了。首先是处长带头汇报。接下来是三位副处长按职位排列汇报，再接下来就是科长按提拔先后顺序汇报，最后是科员们汇报。因为事前单位人事部门发了表格，有具体的填表规则，大家都有所准备，汇报起来个个有板有眼，头头是道。大家都围绕如何遵守劳动纪律作了充分展开，有人还以"加班××天"、"上贡献班×××小时"来统计自己的出勤业绩。在汇报结束之前，大家都按表格要求找了自己的不足之处，但每个人不足之处的条目都大于 1 小于 3。概括起来，大家的不足之处主要集中在以下三个方面：1. 政治学习不够；2. 工作不够主动；3. 偶尔接受宴请。

## 三

孙福民的手气真旺，他让对家在桌子底下连爬了三四个来回。在第五次爬行行动开始时，对家的两个同事就说，不来了，要开会了。孙福民骂他们两个撒赖皮。对家两个也不管那么多了，扬长而出，走着走着，他们就走进了处长办公室。处长和三个副处长也正在玩扑克，各自的桌面上摆了大大小小的钞票。处长赢完最后一把，说，时间不早了，三点钟还要在 315 会议室召开党员政治学习汇报会。这样，牌局就立刻散伙了。

三点开会，三点半到齐。首先是处长带头汇报。接下来是三位副处长按职位排列汇报，再接下来就是科长（全部是党员）按提拔先后顺序汇报，最后是党员科员汇报。因为事前单位机关党委发了表格，有具体的填表规则，大家都有所准备，汇报起来个个有板有眼，头头是道。大家都围绕党员的要求，结合各自的工作岗位谈了党员的示范带头作用，特别是在政治理论学习方面，有人以"学了××本书"、"做了××万字学习心得"来表示自己在政治学习方面的成绩。在汇报结束之前，大家都按表格要求找了自己的不足之处，但每个人不足之处的条目都大于 1 小于 3。概括起来，大家的不足之处主要集中在以下三个方面：1. 工作不够主动；2. 偶尔接受宴请；3. 劳动纪律不强。

# 四

刚上班，就有一个人紧紧跟着孙福民。这个人把孙福民当成了领导。孙福民本想解释一番，可电话又响了。是一个纳税人打进来的，他要咨询有关税收方面的政策，孙福民对那些政策把握不是很准，就将那事踢给了基层税务所。孙福民放下电话，跟着的那人就说是来投诉的。孙福民告诉那人他不是领导，于是将那人带进了处长办公室。处长说，现在我们马上要召开员工年度考核汇报会，投诉的事下午再说。那人很不情愿地被处长支走了。

八点半开会，九点没到齐，九点半才开始。首先是处长带头汇报。接下来是三位副处长按职位排列汇报，再接下来就是科长按提拔先后顺序汇报，最后是科员们汇报。因为事前办公室发了表格，有具体的填表规则，大家都有所准备，汇报起来个个有板有眼，头头是道。大家都围绕税务工作的特点，结合各自的工作岗位进行了充分展开，有人以"一是二是三是"、"首先其次再次"分层表达自己的工作能力和工作成绩。在汇报结束之前，大家都按表格要求找了自己的不足之处，但每个人不足之处的条目都大于 1 小于 3。概括起来，大家的不足之处主要集中在以下三个方面：1、偶尔接受宴请；2、劳动纪律不强；3、政治学习不够。

# 八月二十七

八月二十七是罗高明一生中最特殊的日子。

这一天的太阳像是比任何一天都要出来得早。阳光和妈妈临死前的手差不多，柔软而慈爱地摸着罗高明。这种感觉稍纵即逝。阳光变成了毒掌，火辣辣地扇在罗高明耷拉的脸上，比入狱时身边那几个刀疤子弟兄的拳头还要狠毒。罗高明的手脚已失去了知觉，就只剩这张脸了。罗高明知道，台下黑压压的人群里一定有很多熟悉他的人，包括他的妻子，他的朋友，以及他从前的部下。罗高明在炙痛中绝望地抬起头，台下模糊不清，它们像深夜里的灯，全都放出刺眼的光。罗高明在长满刺的光线里被推上荷枪实弹的囚车。揪心的警鸣声犁过街头。无人为他送行。街道的秩序依旧那么井然。人们顶多在他路过时投来一线鄙夷的目光，然后又在忙碌他们的生活。罗高明像是不该进入这个世界，他三十六年的人生就这样被"×"了。而且，他的行为不允许他背负神灵铸就的"＋"离去。一颗圆乎乎的爆炸物，带着冷风，从罗高明身后飞过来，穿入他的心膛，砰地一声，把无数个"×"嵌进他躯体。罗高明翻了翻白眼，抽搐了几下，然后脚一蹬，离开了这个沸腾的世界。

八月二十七，是美洲之行的第六天。纽约这个号称天堂的地方，原来竟是如此放肆。文明的乞丐在街头一角吹着萨克斯。几个黑脸光头伸着红红的舌头唱得手舞足蹈。几个依墙而立的金发女郎弯着身子，手里夹了香烟向行人们吐着烟圈。畜医店里人来人往，各种各样的狗在这里接受着最时髦的治疗。在一片类似于公园的草地上，有人在上面铺了块红色地毯，两只卷毛狗正在那忙碌地做爱。围观的人是那样的激动和自豪，俨如做爱的不是狗，就是他们自己。天堂里，到处流行着 Yes 和 No。罗高明通通选择了 Yes。有许胖子给他作经济支撑，罗高明不能不 Yes。要不，罗高明大老远跑到美洲来干什么？这一天，应该是个高潮。许胖子支开了罗高明身边那个媚性十足的女秘书后，与罗高明来到一个公开的地方，做着爽心的事。他们用 Yes 开路，又用 Yes 结束。其实，纽约不是天堂，是地狱。只不过是金钱成全了那些富豪们的天堂感。这与只知道 Yes 和 No 的罗高明一样，离开了许胖子，他就是天堂里很不文明的乞丐，甚至，连一只狗都不如！

八月二十七，是个周末。妻子在忙饭后的洗涮事务。女儿早早地亮起了台灯，在写作业。罗高明瘫在沙发上，跟随着赵忠祥，观赏亚马逊河食人鱼群吃活牛的场面。这时，门铃响了，妻子把一个胖乎乎的男人放了进来。男人姓许，言午许，在河西开连锁店。许胖子说了许多税务方面的话，且一再表示支持地方的税务事业。最后，许胖子丢下一个又大又厚的红包，要走，被罗高明扯住了。两个人你推我就，几个回合下来，罗高明还是笑纳了。这一夜，算是让罗高明大开了眼界。罗高明真正感受到什么才叫做有钱。

八月二十七，美好的天气敌不过美好的心情。主席台上的罗高明美好得真想大哭一场。他不知道自己的刻苦努力，竟会打动这么多同事的心。自己的敬业执着，竟会如此赢得领导的赏识。其实，他罗高明算个什么？可是，他还是赢了。以他的人格，他的诚实，他的贡献，赢得了税务局长这一桂冠。从今往后，人们该叫他罗局长了。罗高明从衣袋里摸出几张纸片，抖动着双手，向在座的每一位倾诉自己的豪情。掌声如雷。

八月二十七，蝉儿唱着沉闷的歌。教室里闷热无比。罗高明穿着一件衣领上留了一圈黑油的短袖衬衫，聚精会神地坐在教室靠走廊的窗户边。班主任老师神神秘秘地敲了罗高明身边那扇窗玻。罗高明会意地走出去。班主任老师说，罗高明，这次数学考试中的第七题，全班就你一个人做出来了，等会儿你上讲台把你的解题思路跟同学们说一下。罗高明信心十足地点了点头。罗高明讲解完那道非常复杂的第七题后，班主任老师说，罗高明同学善于思考，触类旁通，这是学数学切记要注意的。高考数学试题不可能原原本本再现教材上的题目，如果大家都能像罗高明那样，将基础的东西融会贯通，考一个大学是完全不成问题的。这是班主任老师第一次在公开场合表扬罗高明，尽管罗高明的各科成绩一直出类拔萃。全班同学齐刷刷地向罗高明投来羡慕的目光。罗高明有点想哭。这一天，罗高明终身难忘。

八月二十七，一个长满络腮胡的赤脚男人，将一个娃儿架在肩膀上，与一群乡里娃一起，走在田埂上。娃儿左手捏一个鸡蛋，右手抓着络腮胡的头发，在田的中央，高高地移动。来到孩子堆里，络腮胡将肩上的娃儿举下来，带给一位戴眼镜的男人。眼镜男人问，孩子叫啥名字。络腮胡笑着说，叫明明。眼镜男人说，该取个书名，最好不用小名。络腮胡拿不定主意，说，那就叫罗高明吧。这时的罗高明，已紧紧抓住络腮胡的裤管，哭着闹着，要回家。

八月二十七，太阳刚刚爬上山头。一个正在犁田的男人，丢了犁具，飞快地往家里赶。男人刚进家门，就被一个上了年纪的村婆往脸上抹了一络锅底黑，笑呵呵地说：恭喜你了，做大人了，是个胖娃……

# 昨天让我难以启齿

昨天的鬼天气应该算是今年以来长沙最糟糕的。

这绝对不是因为昨天我的牙痛。

我深切感受到那个眼神有点妩媚的年轻女医生在命令我张开嘴巴的同时，她在有意识地屏着鼻息，她把我的坏牙检查得相当马虎，百分之百地是在走过场。男人的烟抽多了，黑乎乎的牙缝里呼出来的气，当然闻起来不可能比口香糖还香。

我一再要求那个女医生把我那颗该死的坏门牙拔掉。她说，不可以的，你现在的牙龈正在发炎。女医生用她那蚯蚓成堆般的文字将我打发出门。就这样，我拎了两盒"牙周宁"和两盒"牙痛安"走出了医院。

我托着我的半张肿脸，穿行在刺骨的寒风里。到处都是卖衣服的小店面，因此，我就时不时地碰到将身子依依不舍地从服装店里拱出来的女人们。我和一个迎面而来的女人像是在跳劲舞：她准备朝我左边走过来，这时我也恰恰选择了左边；她迅速有所反应，马上将裹着马靴的脚移向右边，可这时我也早已本领地将身子移向右边。我们就这样来来回回四五个回合。最后，她气冲冲地横走在马路上。我估计她一定骂了我很多坏话。不过，我没听到。果真让我听到了，就是牙再痛，我也会开腔还嘴。因为她长得并不是很漂亮。

蔡锷路上湿渍渍的。公交车喷着白气，流水一般地划过。我捧着有点麻木的半张肿脸，踏进了蔡锷路。

就在我横过蔡锷路岔道时，后面传来了一个女人的声音。她好像在说：老公！怎么样了？

这种声音在长沙大街上已经是司空见惯了。我没有必要去关注这种在大街上把老公当做恩人的女人们。何况我牙痛。

女人的声音好像越来越近，我似乎听到了女人急促而轻盈的脚步声。

正当我驻足转身时，小跑而来的女人紧紧地抱住了我的左臂。我能感觉到，这个女人热乎乎的乳房正在微微发胀。

是个很有几分姿色而又不失气质的女人。她穿着一件肩膀上带毛的长风衣，脸色红润，五官比章子怡要耐看。估计是个母龄期不长的女人。

我真的不认识这个女人。

我本想问她你是谁，可我的嘴巴已被那颗坏牙痛得连张合都有些困难。我还是问了。那女人不容我说话，裹了我的手臂使劲往前迈，那动作比我老婆还要随意、缠绵。

女人嘴里仍旧反复着她那句话，老公！怎么样了？

我今天到底怎么了？

我没有继续走的意思。我驻了足，扬起半张肿脸。这时，我发现交叉路口站着两个窃窃私语的男人，还有一个男人已经站到了离我不足十米远的地方。我瞪着这个男人。或许是这个男人看到我的脸庞和躯体一样肥大，个子又高过他半个手臂，他才不敢靠近，只是在原地打转转。

女人拼着力气支我前行。

我牙痛，我实在没心思欣赏这个美人。尽管美人像老婆一样簇拥在我身边。

来到八一桥边，我该去芙蓉南路了，我家住在那个方向。美人仍旧不肯放手，她要我送她上八一路。她说她家在那边。女人的芳香让我糊里糊涂过了八一桥。女人这才放松了她缠臂的力度，我们的手只是牵了几根指头。女人说，今天要不是遇到你，我肯定会被那几个骗子劫财又劫色。

个中原委让我有了一股英雄气概。我想，这个女人的话实在比牙周宁和牙痛安管用。我似乎觉得我的牙痛没那么严重了。

再往前走，又是一个岔道。一辆摩托车"吱"地一声在我眼前打了个圈，然后停下来。下来一个个子和我差不多的头盔男人。这个男人走路有点像斯瓦辛格扮演的机器人。机器人一靠近，我那半边浮肿的脸就重重地挨上了一拳。

当我吐出嘴里的血时，我感觉到我那颗痛牙已经没了。

头盔男人已经揭掉了头盔。他指着我，咆哮着：你这个花胡子，竟敢勾引我老婆……

再凶的男人，在美人面前都有被制服的时候。这个男人也一样。他得到了我身旁那个美人响亮的几耳光。

美人靠近我时，我正蹲在地上找那颗坏牙。牙齿没找到，我却发现地上甩了 100 元钱。

美人已经坐上了机器人的摩托车。发动机在"唔啦唔啦"地冒烟。我站起身，那个美人搂着那个头盔男人一溜烟去了，远远地还丢过来一句话：大哥，谢谢了噢！那 100 元是给你的医药费。

# 遭遇电话

那是 1988 年初夏的一个中午，我正忙于取碗筷上机关食堂吃中饭，办公桌上的电话响了。我一手捏着油渍渍的碗筷，一手按下电话免提键。电话是一位小姐打来的。她问，你是怀化吗？我说是。她又问，你是杨哥吗？我说我姓杨，但用不着这么客气。我顺便问了一句你是哪。小姐笑了，说：杨哥，你猜不出来了？我是南江呢！

听完"南江"二字，我就挂断了电话，因为我没去过南江市，连南江市是个啥样子我都不知道，哪来的娇娇小妹。我提起办公室的开水瓶朝碗里倒开水，饭碗里浮出了一层黄亮的油珠。

电话又来了，还是刚才那位小姐。小姐说杨哥你怎么把电话挂了。我说小姐你电话打错了吧。小姐嘻嘻地笑，说，杨哥，你这么负心呀，今天姐姐来了，有你好受的。我说，小姐，我根本就不认识你，我姓杨，叫杨才明，你搞错了吧。我再一次丢下话筒，忙于用开水洗碗。可是电话一挂断，旋即又响了起来。小姐说，姐夫，今天下午我和姐姐要到你那儿来，你得先到街上买些酸杨梅，记住，要最好的，然后到车站来接我俩，一定哟！这回，小姐不容我解释便挂了电话。

真是活见鬼了，我连她姐姐的模样都不知道，我竟成了她姐夫！还要吃酸杨梅呢，未婚早孕吧！我牢骚满腹地拿着碗赶赴食堂。可还是晚了，食堂里的饭菜全卖光了。该死的电话，害得我没中饭吃。

我空着肚子独自一人呆在办公室里骂，然后又觉得今天真是荒唐可笑。后来我又感到这件事的严重性，不管这个电话是真是假，我觉得有责任把事情搞清楚。反反复复考虑来考虑去，我认为肯定是她拨错了电话号码。我办公室的电话号码是 23227。"23"是我市电话号码的开头数，当时还没有"32"开头。因此，电话号码的差错只可能出现在后三位数中，一个是23272，一个是23722。

下午上班的时候，我小心翼翼地拨通了23272。我问：请问你是哪个单位？对方说：你要找什么单位？我说：我也不知道。随后就听见对方极不文明的骂声：神经病！平白无故遭人恶骂，我心里真不是滋味。我企图以好人有好报的哲理安慰自己从不悦的心境中解脱出来，我拨通了23722的电话。我问：请问你们单位有个叫杨才明的吗？对方说：没有杨才明，只有一个姚才明。我的心一下子热了，急切地追问：姚才明是不是有个女朋友在南江市？接着，我隐隐听到电话里的男人在询问他那边的女同事：姚才明的女朋友是不是在南江市？那边的女同事说：人家都快生小孩了，还女朋友女朋友的，真是的！电话里的男人于是告诉我：姚才明的老婆确实在南江市。我接过那男人的话柄说：同志，麻烦你转告一下姚才明，说他老婆和他姨妹今天下午从南江上他那儿，要他到车站接人，还有……电话里的男人说姚才明本人来了，你自己跟他说。我说：你就是姚才明同志吗？姚才明问我干什么。我说：你老婆和你姨妹今天下午从南江到你那儿来，要你去车站接她俩，对了，还要你准备些酸杨梅。

姚才明同志很严肃地追问着我，说：你是哪儿？我说：我是林业局。他又问：你怎么知道我老婆和姨妹要来？我说：是她们打电话来的。他停了十几秒钟，字正腔圆地问：你是怎么和她们认识的，快说！我解释道：我们根本就不认识。姚才明同志最后甩给我"岂有此理"四个字便挂了电话。

总算把事情弄清楚了，我的心似乎轻松了几分。

两个月后的一天，我正在房间忙于写新婚请柬。办公室的老唐气喘喘地跑来叫我，说有电话找我。

电话是南江那边打来的，说：杨哥，我姐夫已把我姐姐给甩了，他硬是说你和我姐姐有关系。

我的天，这关我什么事？我赶紧捂着电话筒，我担心里面的声音太大，怕被同事听到，说到我即将结婚的女朋友那里去。

结婚那天，我打算给姚才明同志送一张新婚请柬，请他喝我的结婚喜酒。虽然我和他还相当陌生。

# 1998 年的车祸

那是一个周末的下午，我在办公室赶材料。父亲一脸惨相闯入我的办公室，摆了哭腔对我说：小小被摩托车撞了！

我的头一下子嗡了，心都像快跳出来似的。父亲穿着我前几天送给他的那件我穿了一年多的杉杉牌白衬衫，这件有点档次的衬衫在父亲身上穿得非常走样，两只袖管的纽扣没扣，像两对兔子耳朵敞扇着，把他那原本黝黑的毛茸茸的手臂裸露在外。衬衫的袖口和袖管上沾满了血迹。我急切地问，小小现在在哪？父亲像个犯了严重错误的孩子，谨慎地说，在行署医院。我问，撞得怎样？父亲说，刮到了眼睛。

我冲出办公室。父亲默无声息紧跟在后。我没有说话，只是匆匆穿过办公室的走廊，下了办公楼。

行署医院就在我们单位斜对面，中间隔了一条迎丰路。

我穿过迎丰路，向行署医院跑去。远远地，我就听到我儿子小小的哭声。小小被两个医生和一个穿灰色短袖的男人紧紧抱住，一个医生正忙活着在小小眼眶上缝针。小小的鼻子和嘴巴满是血迹。我气势汹汹地问，谁撞的？谁撞的？小小听出是我的声音，哭得更凶了。他不停地叫爸爸。见他那副模样，我的心在流血。几个医生围了上来，努力劝导着我保持冷静，先抱一抱孩子。这时，我看见那个穿灰色短袖的中年男子愁眉苦脸站到了一边。显然，他就是那个该死的摩托车肇事司机。我想给他来几拳，但我儿子紧紧抓住我的手，呜呜大哭，嘴里喊着：痛死了！痛死了！小小现在需要我，揍扁那狗日的也不顶什么用。

我抱着儿子，努力安抚着他。

还想跑呢！随后而来的父亲指着那个摩托车肇事司机的鼻子说。

肇事司机解释着：不是我想跑，我真的不知道我的车刮到了人。

父亲说，要不是我放肆追，把你的车子拉住，你不就跑了么？

那个肇事司机还想说什么，被我父亲给吼住了。父亲站在旁边，自言自语道：我把他们三个从学校接出来，开始的时候，他们还嘻嘻哈哈走得飞快，我几次要他们走慢一点，过马路的时候，我一手牵着蓉蓉，一手牵着小小，熙熙在中间，到了马路中间，我们还站了一下，有一辆车子要过来，等这辆车子过去后，熙熙第一个横过那半边马路，蓉蓉也过去了，小小看到他们两个都过去了，也要走过去，刚出几步，摩托车就来了，从小小身边擦过，我看见小小蹲在地上，还以为他是在捡什么东西，扶起一看，眼睛上全是血。我看不好了，放肆喊，他还想往前开，我放肆跑过去，拉着他的摩托车。起始，他还不承认，正好有个税务局的路过，他认识我，帮我把他的摩托给拉住了……

我没怎么责怪父亲。父亲仍在描述现场的那一幕。蓉蓉父母亲和熙熙母亲都是我的同事，他们俩和小小同在一个班。父亲是个好心人，看到两家人都没有老人，又没请保姆，就主动承担了每天接送三个孩子的义务。好在受伤的是我家小小，若是他们两个中的一个，我和父亲就觉得更不好办了。

小小左眼上的针还没缝完，就进来一个唧哩哇啦的女人。那个女人似乎一眼就瞄上了这位穿灰色短袖的摩托司机，只见她猛地跳起来抓住这个摩托司机的头发，一阵乱打。摩托司机本领地用双手挡住自己的脸，任凭这个女人捶打着咆哮着：你这个挨刀子的！你把孩子怎么样了？这样持续了约摸一分钟，女人突然停了手。她走过来摸了摸我儿子的脸，然后嘀嘀咕咕出去了。我还以为这女人是摩托司机的老婆，她在用这种方式来求得我对他家的经济宽恕。

小小的左眼在一片痛苦声中被白纱布给蒙上了。正当我提出要转到市医院时，外面又冲进来一个女人，她像一条不吭声的狗，猛扑过来，个摩托司机的脸上就是一阵乱抓。摩托司机已被她抓翻在地。只听叫着：你这个枪杀的，你撞了我的孩子！我的孩子怎么了？个摩托司机满脸被抓得鲜血直流。有人把这个突如其来的女人拉开了。一个医生在一边规劝我，希望我能出面劝一劝我的老婆。那个医生还说，遇到这种事，做母亲的当然不好受，但也不要太冲动。其实，这个女人根本就不是我老婆，我也不认识她。我老婆在汽车西站上班，我还没把孩子被撞的事告诉她。

"别太冲动了，先看看你的孩子吧!"有个医生说话了。这个女人意识到是应该先看看孩子。她嘴里呜咽咽地响着。当这个女人看清了我家小小时，她不再呜咽了。她像一条狗，闪电般地消失了。

大家都问这女人是谁。我说，不知道，这里的事，我还没告诉我老婆呢!

摩托司机紧跟在我身后。他希望我尽快把我家小小转往市医院治疗。或许，他怕更多做母亲的莫名其妙找上来，朝他一顿乱打。

一路上，我在想：等我把小小安顿下来后，我该不该揍他?

# 停 水

三十九度的高温已持续了半个多月，人们都在痛苦地忍受着这鬼热的天。

文化局的人差不多都已下班，唯独张志高还待在那间报刊零乱的办公室里，享受着头顶那台破吊扇呼啦呼啦旋出的凉爽风。要不是老婆撑开嗓门大骂张志高你这个鬼打的上班当饭吃的话，张志高真想多呆一阵。屋里实在太热了，简直可以把人蒸熟。他想。但他马上又意识到必须尽快回去做饭，否则，那个乡下来的臭婆娘定会吵得他耳聋眼花。

张志高草草收起那个油黑发亮的公文包。突然，他发现办公桌上那叠报纸里还夹着一封信。信是县自来水公司寄来的，已经开了拆。这信是哪个狗日的拆的，怎不告我一声。张志高边骂边抽出信中关于从七月二十七日晚上 7 点正式停水一天的紧急通知。七月二十七日？就是今天！张志高露出手表，我的妈呀，已经 6 点 20 了，还有四十分钟！

张志高丢掉信，火速赶回家。

快！快把所有能盛水的东西端出来盛水，还有三十九分钟就要停水了！张志高像间谍从对方摸到了重要情报一样命令着老婆。

一向懒惰的老婆此刻变得忙碌起来：铁桶、脸盆、脚盆、腌菜坛等等凡能装水的家伙，全都被端在水龙头旁，唏里哗啦地灌水。

张志高突然想到了单位好友梁天和马局长、薛副局长，便嘣咚嘣咚下了楼，直奔这三家。可想而知，这三家忙碌的动作绝不亚于张志高家。

张志高回到家，动员老婆孩子全部冲了个澡，时间 6 点 58 分。张志高把弄饭的事交给老婆，自己则专心致志地守在水龙头旁，等候着停水的那一刻。7 点已过 5 分，水龙头还在哗哗流水。快了，快了。张志高心里默想着。然而五分钟、十分钟、二十分钟过去，水龙头的水还在哗啦啦地流。吃饭时，好友梁天串门来了，问：志高，你说今晚7点开始停水，怎么老不见停呢？张志高就说可能还有一会儿吧。可是又一个小时过去了，水龙头依旧哗啦哗啦流水，怎么就没停呢？张志高多么希望水龙头扑噗扑噗地间断排水，然后就是一阵汪汪的水管声响，接下来就彻底停水。张志高再一次打开水龙头，哗……，仿佛今晚的水比以前更大更急了。

张志高跑到办公室，打开那份关于停水的紧急通知，他简直吓了一跳：通知的落款时间是去年7月22日，与今天整整相隔一年零五天！这时，他彻底明白了：这封过时的信定是今天收废纸的老头从废报纸中拣出来的。

张志高马上料想到马局长和薛副局长一定在大大小小的盛水器皿旁骂他狗日的张志高在扯谎。他的预料是完全正确的。第二天刚上班，马局长、薛副局长以及从马局长、薛副局长口里得知停水消息的单位几个同事纷纷找到他，说：昨晚7点停水，怎么还不停水呢？话中包含着对他张志高的无限愤怒与不满。

张志高这天上班不像往常那样字字句句地读报，而是闷闷不乐，发呆。十分钟后，他径直走到文化局院外，十分小心而且颇为麻利地关掉了文化局以及与之水管相连的烟草局的供水总龙头。等他返回办公室时，机关传出一片骂声，接着又听到烟草局院内的叫骂声。

这时，张志高心里舒服了许多。他猜想，两位局长以及备了水的同事们此时的心情也是雷同的。

# 股　疯

　　简直是人山人海，我努力踮着脚将脖子拉得老长，只看到显示屏幕上红了一大片。人海中便爆发出"哇——"的惊呼声，里面还掺杂着热烈的掌声。上了！上了！我的猴王上了！我像猴子一样蹦得老高。我看见许多人都朝我翻白眼。我全然不顾那么多了，因为吊了我半年的猴王终于解套了。突然，交易所里铃声大作。好像是有歹徒闯进来似的。人群立刻变得杂乱无章，我吓得全身打颤……当我睁开眼时，我发现自己躺在床上。是该死的电话搅了我的发财梦。

　　我一边懒洋洋地伸手拿床头的电话筒，一边在心里骂：是哪个该死的，这么晚了还打电话。我捏着话筒问你是哪里。里面说喂你好。我那颗睡得很安详的心立刻抖了抖，是个很温柔的女低音！电话里接着说：中关村兼并了琼民源，要涨到50多块。我问：你是谁？她没有回答，而是轻微地笑着，连她鼻子里出气的声音我都听得很清晰。我想，她肯定是个很柔很靓的女孩。她又说：那该死的猴子可不是什么好东西，它又要撒野了。我知道她讲的猴子是指猴王。那可是我一直关注的一种股票。我不图它涨得像跳一样快，但这两天它还算有点活力，从5.14攀到了6.93，离吊我那个7.58的"圈儿"不差多远了。我问她你为什么知道猴子会往下跳。她说是她北京的一个朋友告诉她的，她还说大亚股份值得炒长线。

　　我与她非亲非故，素未谋面，她怎么又肯将这消息无缘无故告诉我呢？真是莫名其妙！

　　可是，第二天，我真的发现中关村哗哗地上，猴子也不再跳了。我把这来路不明的消息跟我的几位股友说，他们开始有点不信，下午，他们有的开始甩猴王买中关村了。当我甩猴王时，猴王已经跌下了6个多点，而且还在不停地走下坡路。

莫名其妙的电话竟让我们很快在股市上翻起身来。我们几个获得了一笔不大不小的利润。

股友们想知道那个打电话的人是谁。我说我也不知道。股友们就骂我心黑，说告诉了也不妨碍我发财，有财大家发嘛。我对股友发着毒誓：我张福海只知道那电话是个女孩打来的，若有半点隐瞒，天打雷劈！股友还是不相信我这个毒誓，说，咱哥们很久没修长城了，今晚就到张福海家聚一聚。我心里明白，聚是一种形式，套笼子才是真的。

真是活见鬼。那个四天没有音信的电话偏偏这晚又来了，同样是那个音量很小声音很柔的女孩。女孩告诉我：先生，中关村吃不得了，这几天会跳水的。我的几个股友扯着喉咙讨好地问：小姐，你能告诉我们你的芳名还有你的住址么？电话里的女人仍然只是轻轻地笑了声，连她鼻子里出气的声音都能听得很清晰。股友追问着：小姐，这段时间，哪只股票会牛？那女孩说：陕长岭可关注，还有葛洲坝。

次日，我们神采飞扬来到交易所，那女孩的话完全得到了印证。女孩的话让我们在发财的路上走得红红火火。我和我的股友发起来了！

我们强烈地渴望着找到那个女孩。她可是我们的幸福财神哟。我们跑到邮局查阅女孩打来的那个电话号码，是 601534，户主住在华明路 23 号。

华明路 23 号是市郊的一个居民区。准确地说，是城郊的村民区，附近住的都有是些城市农民。我们好不容易敲开 601534 的家门，确实是个女孩。女孩不过二十一二岁，长得很丰满也很耐看，只是头发很乱，房里也有些乱糟糟的。女孩见我们来了，笑得让我们肉麻。她用她的红塑料杯在水龙头里接了满满一杯水，要我们轮流喝。我们客气地谦让着，谁也不愿喝自来水。股友问女孩贵姓。女孩说姓刘，叫刘丽萍。接着就哈哈地笑，像香港鬼片里的主角一样，让人毛发都快要竖起来了。我们问她怎么知道陕长岭葛洲坝会涨起来。她摊了摊手，说，不谈股票，不谈股票。接下来又是一阵可怕的狂笑。几个回合下来，我们已经猜到她可能不是很正常。

的确不错，她真的是个疯子。附近的人告诉我们：这女孩太可怜了，这套房子是一个有钱的老板给她买的，后来那老板不见了。据说给了她 4

万块钱。这女孩就用这 4 万块钱天天炒股，可能是炒亏了，再加上被人玩弄，几次想跳楼，幸好邻居发现得早……

这个世界真的疯了。我们竟然在疯子的指导下，稳稳当当地赚了钱！

接下来的日子里，我们按照女孩传过来的电话信息，在股市中昂首阔步。当然，我们也想到了回报，那就是：每个股友捐 5000 元钱，把那个可怜的女孩送进医院。

女孩走出医院时，已经换了一副模样。女孩虽然爱笑，但不是那种让人听了感到害怕的笑。相反，听了她那甜甜的笑，你会觉得她是一个难得的美人。

女孩和我们很熟了，像亲兄妹般。有一次，我问女孩：你怎么老是打我家的电话？她笑着说，是吗？我原来被浦东大众伤透了脑筋。这下，我明白了，原来我家的电话号码 600635 就是浦东大众的股票代码！

让人失望的是，从那以后，我们在股市上走得很惨。连刘丽萍自己也一样。昨晚，我的股友也就是刘丽萍的老公，因为被哈慈股份套了笼子，两口子打得住进了医院。

# 刀尖上的笑

孙明老婆本来下午上班，她特地换了个班。孙明老婆像过年一样高高兴兴从菜市场买来一大堆菜，早早备了一桌丰盛的晚餐，等丈夫孙明回来。

孙明晚上7点半要参加单位的竞聘演讲。单位有一个处长上个月因为开小车把自己给报销了，留下一个处长位子让那些副处长们去抢。为体现公平、公正、公开的"三公"原则，局领导让六个抢官者上台竞聘演讲。

晚上6点，孙明就幸福地用过了晚餐。老婆说，演讲稿背熟了没有。孙明不以为然。孙明仍旧悠闲自得地用他的手指剔那颗有问题的牙，他剔出了一块牛肉，把那块小牛肉"噗"地一声吐在烟灰缸里，弄得烟灰缸里的灰吹得满鼻子都是。老婆很不高兴他这个做法。可是，她还是忍了，她不想在他快要当处长的时候批评他。老婆说，你该去吹个头发，胡子拉碴的，站在台上，像个农民。孙明觉得这话有点道理，顺手摸了一把自己的脸。真的，他奶奶的，这胡子比钢丝还粗！

孙明决定去吹发，也好把这该死的胡子一块解决掉。

走进星星美容店，孙明碰上了王志奎。王志奎的头发已经被整理得很有几分派头。理发小姐正在给王志奎捶背。王志奎是孙明单位的一名副处长，今晚也将和孙明同台竞聘演讲。孙明走到王志奎身边时，王志奎正拿着演讲稿默记。孙明说，背得怎样了？高度近视的王志奎辨清了是孙明，一边收好手里的演讲稿，一边堆着笑说，孙处长，你也来理发呀。孙明非常大气地坐下来，并主动告诉洗头小姐，他需要的是飘柔。

两个对手此时都在尽量回避竞聘的事，他们谈了一些乱七八糟的废话，彼此都心不在焉。孙明本想和王志奎再聊些其他的废话，王志奎很担心自己的演讲稿，于是找了个借口先走了。临走时，还帮孙明买了单，这让孙明觉得这个王志奎真有点好笑。

洗头的程序全部结束了。接下来是刮孙明那一脸张飞胡。

孙明的胡子长得十分开阔，硬度也强。孙明昨天早晨才刮的胡子，胡子的后代们又在他那张宽嘴周围形成了一个大大的包围圈。孙明在家用的是吉列刀片，一只刀片对付他的胡子，最多不超过三次，再用，就有点像刮南瓜了，感觉非常不好。因此，孙明在每一次理发时，更倾向于刮他的胡子。哪家理发店的理发技术再好，胡子刮得不好，孙明是绝对不会去第二次的。星星美容店算得上是刀功好的一家。孙明就成了这里的常客。与其说孙明是来吹发，倒不如说他是来刮胡子的。在这样的好事面前，不刮刮胡子，就有点对不起自己的心情了。

给孙明刮胡子的是美容店的老板娘，一个胖乎乎的有着二十年刮胡经验的老妇女。老板娘从微波炉里取出一块滚烫的热毛巾，用嘴吹了吹，然后试探性地缚在孙明的宽嘴上。这道工序必不可少。孙明满鼻子闻到的是一股头发味。孙明闭着眼睛接受胡子被软化的过程。此时，孙明想到了刚才那个王志奎。他觉得王志奎这个人非常好笑，本本分分，酒也不喝，烟也不抽，只知道写材料，有人笑他"辛辛苦苦几十年，只写材料不发言"，为了竞聘这个处长，竟也学会了送礼，真是好笑。前天晚上，孙明刚进马局长家，这个王志奎后脚就跟进来了。马局长老婆要孙明躲一躲，孙明就进了马局长卧室，孙明伸着耳朵把王志奎的话听得清清楚楚。说是给马局长带了些家乡的土特产，而且还说那狗屁东西能治高血压。马局长是有高血压，可也不靠那土不拉几的特产来治呀。真是好笑！他奶奶的王志奎简直就是个土老冒！孙明可不会那样做，他做得相当乖巧：在进局长卧室时，他在局长枕头边留了8000元现金。大大方方地来，大大方方地回。然后，一个电话打过去，告诉局长，枕头下面有点东西，不成敬意了。

想到刚才那个王志奎，孙明就想笑。以至于在老板娘揭开孙明嘴上那块毛巾时，孙明仍咧着嘴在笑。老板娘说，你笑什么。孙明不笑了。老板娘又说，现在不能笑了，我要动刀了。

孙明就立刻找些比较严肃的事情想。孙明强迫自己去想一些单位里的事，想着想着，孙明脑袋里又浮现出那个老实巴交的王志奎。王志奎的进入，使他又有了笑意。老板娘停下刀，警告说，你不能再笑了，会出事的。

孙明从喉管里咳了一股气，他想让自己镇定起来。孙明接着又一门心思地找一些让他感到气愤的事情。他需要的确实是镇定，不能再笑了。孙明突然想到自己年迈的母亲死了。而且死得很惨，家乡来的人流着眼泪告诉他，他母亲被一辆大货车从脑袋上碾过去。想到这令人悲伤的事，孙明有点想哭。没等他流出泪来，他的思绪又想开了，他想到了母亲死后，他这个处长回家办丧事，很多人都来吊孝，很多人都给他这位处长带去了礼金，母亲还没火化，他妻子就告诉他收到丧礼15万多元。他的嘴唇动了动，高兴地笑了。好在老板娘发现得早，她停止了动作。老板娘有点不高兴了，她说，你这是怎么了？叫你别笑，你就是不听，到底有什么好笑的。老板娘甚至想到了这个孙明是不是看到了不该看到的东西，老板娘将自己的衣领提了提，她的胸部并没有过分暴露，更何况她也是上了年纪的人，胸部已大不如从前了。

孙明有点难堪。孙明努力劝导着自己，不能再笑了。因此，孙明就极力去想其他令人愤怒的事。他想到了他在自己家捉奸在床，那个男的不是别人，正是他单位的局长。孙明老婆见了他，在呜呜地哭。他觉得一股闷气直往上蹿，血压似乎也升高了。可是，他努力这么想时，那个王志奎又走入了他的脑海，老实巴交的，还想当处长……

老板娘那把白晃晃的锋利无比的剃刀在孙明脖子上来回走动。突然，孙明"噗哧"一声，他忍不住心中的笑。

这一刀实在不轻，刀刃进入了他的喉管……

## 狮子和羚羊

苍茫的非洲大地，到处都有追杀的背影。这就是我们的原始生命。

天还没亮，狮子已经从饥饿中苏醒过来。睁开双眼，环视四周，平坦坦的荒地仍融在灰暗的暮色中，天地一色，分不清哪是天与地的裂开处。附近那棵光秃秃的木棉树上，有与它同样饥饿的老鹰在呻吟。已经三天没有猎物到口了，饥肠辘辘。这时，狮子就想起羚羊那可爱的身躯来，肥墩墩的腰身，跳动不已的双耳，像两条游在岸上的鱼，活灵活现，还有那只小尾巴，花簇一般，煞是诱胃。多么可口的美餐呀！刚才在梦境里，狮子有过一只羚羊，它正在肆无忌惮地撕皮、吞肉、啃骨子，几只秃鹰围在它身边打圈儿，抢吃些残羹冷炙。

狮子老了，但还能行走，只是捕杀的动作有些迟钝，耐力也大不如从前了。想当年，它一天最多可以追吃七只羚羊，被追吃的还有羚羊小生，岁月不饶人呀，现在差多了。狮子张开那张多日未沾血腥味的大嘴，像是打了一个呵欠，然后缓缓地爬起来，用力摆动着身上的尘埃。

暮色已被时间老人的画笔涂淡，白色的成分厚重了许多。

狮子迈着稳健的步子走出自己的栖息地，来到附近的木棉老树边做了一下爬树动作，立刻引起了树上那只饥饿秃鹰的关注。秃鹰"哇"的飞走了，留下一片光秃秃的枝干在摇摆。狮子开始在这片荒地上奔跑起来，跑跑停停，停停跑跑，惊得荒地一片恐慌。这是狮子每天要做的第一件事。

暮色已完全被白色所取代。天开始泛蓝。不久，太阳也就缓缓从天边爬出来，把这非洲荒地照得有些颜色。完成了所有的热身动作以后，望着天边那通圆通圆的太阳，狮子想，今天该会有个好收获了吧。

然而，天地间所共有的暮色并没有让非洲一角的羚羊感到安详。羚羊只是惊了又睡睡了又惊地做着这里的生存梦。它需要冲出这个季节，在体力和耐力上。走过冬季，青草绿叶就会在它的眼里生长，然后融进嘴里，饱入胃中。

羚羊其实不算老，只是后脚带了点伤。是过河时被鳄鱼咬的。在这样的季节，行走不便是一件十分可怕的事，这让羚羊感到不安。可以说，这些日子的分分秒秒，羚羊脑中都保留着狮子的那张血盆大口。就在前天，一只老羚羊因为体力不支，落入了狮子口中，那叫声虽只有那么一刹那，但却深深嵌在这只羚羊脑海里。

几个同伴还在半梦半醒地躺着，羚羊已经用它负伤的腿支撑起了自己瘦小的身躯，尽管很痛，但它需要做热身运动。因为，黎明快来了。对这只羚羊来说，黎明前的热身，是为白天的死亡竞走取得胜利所做的准备。好几次，它都是靠耐力从狮子嘴里逃脱的。它知道，现在唯一能做的就是这些。它希望自己今天能同昨天一样，安全地度过这个季节的每一个白天。

经过几十分钟的黑夜漫舞，羚羊觉得自己已经适应了这种痛苦。羚羊的伤脚在流血，像天边的朝霞一般。

当朝霞涂满非洲大地时，这里已是一派生机。斑马、野牛、鹿和羊，互不为食的动物开始聚集在一起，共同面对来自狮、虎、豹、狼等动物的威胁。

躲过了一场追杀后，下一场追杀会冷不猝防。

羚羊正在争分夺秒地吃着这里败黄的野草。树林里放飞去一只鹰，哇地一声，朝天空中飞去。草坪里所有的食草动物，包括马、牛、鹿都在恐慌地往前奔。一切都显得杂乱无章，尘土飞扬。

一个个生命的集合体被那只老狮子驱赶得支离破碎。生存旋律在非洲这块荒野上每天都演绎着，现在正是开始。

狮子盯着一个跳动的集体紧追不舍。那里正有受伤的羚羊。

再坚持一会，我就可以大功告成，美食一顿了。饥饿的狮子边追边想。

羚羊不老，但毕竟带伤，几个回合的追杀已经让它有点力不从心了。

虽然自己尾随在这个跳动集体的后面，羚羊毫不放弃。羚羊的坚持，没有改变它致命的创伤。羚羊感到自己的脚像跳断了一样，于是，羚羊开始环跳着，想改变自己求生的方向。羚羊想不到自己这一跳，却跳进了生命的尽头。

狮子咬着羚羊的脖子，将羚羊绊倒在地。羚羊看见了自己的敌人，就在眼边，那是一双毫不留情的眼睛。

羚羊企图告诉狮子：放我下来，就一会，让我再吃一口草，然后死在你嘴里。

狮子似乎听不懂羚羊的话，紧了紧嘴，牙齿深深地扎进羚羊的喉管。

羚羊绝望的眼睛里，有两滴泪在浮动……

刘市长多想再看一会儿赵忠祥嘴里的"狮子和羚羊"。他的司机却在楼下按喇叭。开会的时间快到了，全市厂长经理会议正等着刘市长做报告呢。

刘市长决定不说别的，就说狮子和羚羊。

# 乡下表姐

下班的时候，娘正在菜园子旁边撏鸭毛。

娘说，今天这么早就下班了？我还在撏鸭毛呢！

我本想说，今天这个会开得够长了，快 6 点半了。可我没说。我不想让娘因为时间的关系，忽视了她手上那难撏的鸭毛活。我没问娘为什么今天吃鸭子。因为在我的家庭习俗中，只有客人来了，才会吃鸭子的。

娘倒是回答了这个问题。娘说，你表姐夫来了。

我嗯了一声就开始爬楼。爬楼过程中，我努力思索着我哪来的什么表姐夫。

门是爹开的。脱鞋时，我就听见客厅里有咝咝的吸烟声。接着，沙发上那位把烟吸得滋滋响的男人就主动和我招呼起来，说，工作忙噢！

我对他笑了笑。爹赶紧向我介绍说，这是我老庚三妹子屋里的，你该叫他三姐夫。这时，我隐隐约约想起了爹曾经相认的那个老庚。不过，我只见过他一次面。至于这位三姐夫，我自然是陌生的。

吃饭的时候，爹代替这位三姐夫说了话。爹说，你三姐夫好不容易才找到这里，先是找到我们老家，我和你娘都来这里了，他就落了空。

酒桌上，三姐夫变得格外斯文，只喝半杯酒就不愿再喝了，菜也不肯多吃，客客气气的。好在娘有夹菜的习惯，他才勉强吃了我娘夹给他的一个鸭头（按照我们当地的习俗，鸭头让客人吃，是对客人的尊敬）。我问这位三姐夫家里还好么。三姐夫只是笑。娘和爹也松了嘴，捧着碗在笑。三姐夫匆匆放了碗。这让我感到很奇怪。

饭后，娘悄悄把我拉到一边，说，你三姐夫有话不好意思跟你说。

我问娘三姐夫到底想说什么。

娘笑了笑，说，他想让你去看一看你的三表姐，她病了。

娘的话倒让我心情变得轻松起来，我还以为发生了什么事呢。我说，明天给他些钱，就说我没空。

娘立刻变得失望起来，娘说，你三姐夫特意到这里来，就是想让你去一趟，给他钱，他恐怕不会要的，他来的时候已经把这个意思跟我说了，他还交待说，如果你愿意去的话，最好带上枪，开着警车去……娘正说着，爹也进来了。爹小心地接过话茬，说，他知道明天是星期六，城里要放两天假，你不去，面子上过不去，还以为你在城里工作，别人请你去都不肯去，更何况，他又说你三表姐在生病。

我被爹和娘的话俘虏了。尽管我极不愿去，但我还是将去的信息传达给了爹娘。爹娘一下子都变得高兴起来，他们都笑嘻嘻地去和那位三姐夫拉家常。

第二天早晨，娘早早来到我床前，说，你今天要去，现在就该起床了，趁早去，凉快一些。娘同时告诉我，你三姐夫已经走了一个多小时，他说先回去准备些菜。看来，这位三姐夫非要我去一趟他家不可。

锅子冲本来不算远，但我的警车还是走了两个多小时，弯道太多，车子不敢跑快。

三姐夫早已守候在锅子冲的停车口上，他脸上堆满了无限笑容。他一边当我亲兄弟般地说这说那，一边领着我往村子中心走去。

村子中心有个凉亭，村里的老人都聚在那儿纳凉。村里的年轻人基本上都出去打工了，村子因而就显得异常冷清。穿过凉亭时，三姐夫放慢了脚步，主动和村上的那些人聊了起来，还不停地散烟，并不时向他们介绍我的公安身份以及我与他的关系。我那时就好像是城里人的唯一代表，供这些乡下人观赏着，仰慕着。

侧面山脚下有个女人在喊话：酒买来了没有？

三姐夫回应着：我已托人到镇上买去了，这里没什么好酒。

我十有八九断定，那个女人就是有病的三表姐了。

对于我的到来，三表姐表现得比三姐夫还要热情，又是倒洗脸水，又是搬风扇，俨然我就是她失散多年的亲弟弟。

我不时听到三表姐和对面的村妇们隔着小溪聊这聊那，她表现得很高兴。我还几次听到三表姐向别人介绍我的工作单位。不过，她把我的工种给弄错了，她说我是在县公安局专门负责抓人……

　　回到家，娘很是高兴，问这问那，而且还自个儿说，这回可好了，那个泼妇不敢再欺负你的三表姐了。

　　我一头雾水。问娘。娘说，你三表姐屋下的那户人家，经常与你三表姐吵架。你三表姐没办法。后来听说你在城里的公安局上班，就装病非要你去一趟，看那个泼妇今后还敢不敢欺负！

## 2004 年的同学会

坐了十一个小时的火车，我回到了故乡柳城。柳城虽还是那般垃圾成堆车辆乱停，可我还是喜欢它，就好像儿女喜欢八十岁的老娘那双烂渣渣的眼睛。

下了火车，我按邀请函上注明的地点直奔山江宾馆。宾馆门口洗脸帕大小的红纸激动着我的心：柳城县第三中学高 12 班同学会，请到 318 房间报到。

318 房的门半开着。我以一种游子归乡的心情侧身而入。房间空无一人，两个床位上的被窝零乱地堆成一堆。我自言自语地说，人呢？这时，卫生间里就冒出了男人的声音，哪位？我说，是我。里面又问，你是谁？我说我是肖明庆。里面的就立刻嗨嗨笑起来：哎哟，西门庆来了！快请坐，我的澡还没洗完。冲这句话，我就知道里面洗澡的家伙肯定是王青平了。应该说，王青平是我高中时最不友好的一个，他自己暗恋着文娱委员陈柳芳，见我和陈柳芳多说了几句，就扬言与我决斗。结果他还是被我咬了一口，因为他踢痛了我的睾丸。

一刻光景，王青平笼着一条异常紧身的三角花短裤肉墩墩地走出来，若不是他那几颗倾斜过度的门牙，我真认不出他就是当年那个一边流着水口说陈柳芳一边用食指挖鼻孔的单单瘦瘦的王青平了。二十年了，我没有理由继续对他不友好，我正想和他握手时，他却用他那双大腿般的臂膀将我抱住，然后支了起来，说，同学当中，就只有你混到了省城，老同学，好好干。

在我刚刚了解王青平因为干个体成了一名有来头的私营业主后，记忆王刘英金来了。他的模样没多大改变，只是形象上有点令人刮目相看，留了个"一片倒"的主席头，领带是天蓝色的。他说他不叫刘英金了，叫刘镇涛，也不教历史了，刚到一所普通中学任教务主任。王青平哈哈笑他，你那个鸡巴名字早就该换了，英金，你以为是什么好东西呀。联想到"英金"与"阴茎"有点难分，我也跟着笑了。伴随着这阵笑，我仿佛又回到了二十年前的柳城三中，夜晚出来撒尿时，走廊里灰暗的路灯下通常站着这个刘英金，他在哆哆嗦嗦地背历史，以至于他的历史成绩无人能比。

四十一个同学，除了骑摩托撞死一个婚外恋跳楼一个外，还有五个同学没有到，他们比我还去得远，有在青海、广州打工的，有在江苏、上海工作的。也就是说，二十年后的首次同学聚会，我们到了三十四人。

这次同学会主要是由肖顺海、胡代强和王青平牵头组织的，他们三人在柳城算得上是要风得风要雨得雨，一个是副县长，一个是国土局副局长，一个是资产数百万的私营业主。

议程是这样安排的：1. 重游母校，在母校召开一个座谈会；2. 向困难师生送温暖；3. 大会餐；4. 歌舞晚会。

母校已不再是当年的县重点中学了，它已改成了职业技术学校，主要招收初、高中生，教授一些畜牧、家电维修之类的知识。现任校长是个极其朴素的瘦男人，一脸络腮胡，说话怕痛似的。母校新修了一栋教学楼和一栋学生宿舍。我们把赠给母校的那幅"鹏程万里"的绣匾抬给现任校长。校长立刻叫来几个面黄肌瘦的学生把匾抬了出去。

座谈会是有准备的。肖顺海不愧是副县长，名义上他只说三句话，可他说了二十多点，以至于把时间弄得紧紧张张的。接下来是每个同学自我介绍。混得好的开口闭口说着他们的现在，甚至拍了胸脯打保票，"有问题只管来找我"，他们不愿谈高中三年的时光，也许是太苦了。几个乡下同学，不怎么说话，只是接二连三来找我，不是问省人民医院的地址，就是问某大学的招生情况，好像他们时刻都会去省城。同学座谈会基本上成了升官发财者的经验交流会。

快5点半了，主席台上才坐上来我们的生物老师冯建亮老师和周伯平同学。冯老师的耳朵已经聋得需要我们大声说话，他好像听懂了我们的意思，微微一笑，然后就是一阵骇人的咳嗽。负责扶冯老师上台的同学立刻为他捶背，他已经咳得连呼吸都有些困难了。我们毕业后，冯老师在学校待了四年，就承包了一个养猪场，从此一蹶不振，还得了严重的肝炎和支气管炎。昔日的周伯平同学是个小品高手，我至今还记得他表演的那个宫本一郎，他把枕头塞在衣服里，像个孕妇，嘴边还贴了两撮毛，很像个小日本。可是，今天的小日本已经变得十分沉默，他得了尿毒症。

送温暖开始了。我给冯老师和周同学各200元钱，希望他们多多保重。副县长肖顺海捐了2000元，国土局副局长胡代强捐了1500元，私营业主王青平捐了1000元。后来，我与王青平开玩笑说，你是大老板，理应多捐一些。他说，我也是血汗钱呀，你以为肖县长和胡局长他们是捐自己的钱呀，他们早就要我帮他们弄3000元发票。

同学会餐的重头戏就是拼酒。摆了四桌，喝了两件56度的白干。很少进馆子的当然喝不赢肖县长他们，几杯酒下肚就支支吾吾了。醉的多是乡下同学，他们有的在擤鼻涕，有的在失声大哭。特别是我们的学习委员王开伟，高中三年，他一直拔尖，是我们班唯一一位读本科的。毕业后，他分在柳城最偏远的雷公乡教书，后来因为教室倒塌，伤了学生，就一直待在那。王同学和乡政府的妇女主任结了婚，乡政府一改革，他老婆没了工作，生活得连当地居民也不如。

醉的人多了，晚会就成了没醉人的晚会，他们都是些能在柳城大街上昂首挺胸的角色。他们可以一边唱歌一边玩牌。手气好的话，一晚能赢几头牛。

其实我没醉，可我不想参加晚会，尽管我是高中时的文娱分子。

时候不早了，我该去看看那些沉醉的同学，希望他们能早点清醒过来。

# 官　财

过年在机关人心目中，淡得就像一杯白开水。

然而，年假总还能给机关人带来一丝喜悦。这种喜悦就是躲在被窝里懒洋洋地睡上一觉。

两个儿子这天算是起得较早。要是往常，娘应该比他俩起得更早。娘去他们姐姐家了，家里就只有老子和两个儿子。

老子就是这个单位的头。

平日里，老子是不会睡懒觉的。老子的单位前天才放了年假。老子也就懒了没起床。

起了床的儿子想，老子天天开会，也是够辛苦的，现在过年了，就让他好好睡一觉吧。

两个儿子都起床了，而且把很晚的早餐也给弄熟了。房里的老子还没一点动静。大儿子要小儿子去叫老子吃早餐。小儿子从老子房里冲出来时，很久才能说出话来。他说：不、不好了，老、老子他去了——

他们的老子直挺挺地僵在床上。也不知道是什么时候死掉的。

明天就是大年三十。突然遇到这种事，真叫人不知所措。小儿子的喉管在发胀，眼泪就冲了出来，他伤心地哭着：爸——

大儿子马上将小儿子扯到一边，说：哭什么，哭也没用，爸是不会再活过来了。

小儿子抓起电话，要把老子的死告诉他娘以及老子单位的王叔叔（王副局长）。但是，小儿子手里的电话筒立刻就被大儿子夺过去。大儿子责备道：别乱来，现在正是过年，咱不能让爹就这么白白地走，要是他真的这么走了，往后你我喝西北风？

117

小儿子被大儿子的话训得有点莫名其妙。

第二天，娘回来了。

娘一进门就问儿子，你爹呢？

两个儿子异口同声地说，爹在房里睡觉。

娘也不再多问，自个儿忙年饭去了。娘忙了一阵，又要去房间。大儿子堵在门口，说，娘，爹太辛苦了，就让他多休息一会吧。娘笑着被堵了回去。过了一阵，娘还是要进房间，两个儿子一起堵在门口，说是还要让爹多休息一阵。这回，娘不管了，推开两个儿子要进去。两个儿子顿时跪了下来，哭着说，娘，请你千万要保密，这可关系到咱家今后的日子……

娘进去不久，就晕死在床边。

除夕之夜，鞭炮声此起彼伏。

局长虽然死了，但局长的家人却在悲痛的心境中喜庆着。

除旧迎新，这个"新"字，在局长家就象征着丰收。每年除夕刚过，局长家就会热闹无比。

今年的春节，天气特好，温度回升到二十多度，和夏天的气候没什么两样。这样的好天气，是人们串门拜年的好日子。

同样，电话一个接一个地打进来，儿子都代替老子一一作了回话。

于是，拜访者一个个满面笑容地敲门，脱鞋，然后笑眯眯地坐下，嗑点瓜子，喝点茶。都问局长哪去了？儿子则答，有点事刚出去，他要我感谢你们呢。来者于是又满面春风地离去，口里还不停地说，打搅了，打搅了！

前来局长家打搅的人总是满载负荷地进来，而后又一身轻松地出去。

娘在艰难地支撑着软骨似的身躯。只有两个儿子在忙碌地招呼着进进出出的人流。

没有血液的躯体再也装不下更多的日子。老子的躯体开始生发出异味来。为了收获老子他本该收获的，儿子们给老子又穿上了一件厚厚的棉衣。

在儿子心里，这时节，床上那具有了异味的躯体比金子还珍贵。

事情总该有个结尾。是后来的造访者无意中撞进了局长房间。儿子不得不将老子不幸的消息散布于众。

　　这个春节，一具发臭的死尸为两个儿子带来了一笔不小的财富。

　　后来，两个儿子走南闯北，经常冒充是某某某某的儿子。

　　据查，他们嘴里的"某某某某"，全是些当官的。

故
乡
的
云
朵

## 电话事件

张忠前天晚上还和老婆亲亲热热的，这两晚却独守空房——老婆跑回娘家当"黄花闺女"去了。

其实，张忠和老婆之间并没有什么大不了的摩擦，仅仅是为了一部电话。老婆说现在单位百分之八十以上家庭都装了电话，我们也装台吧。张忠说刚结婚半年还欠着账来年再装。老婆就不高兴说就你张忠窝囊，张忠左劝右劝最后就扇去有史以来的第一个巴掌，把老婆给打回了老家。

老婆一去便是一个多月，张忠也是牛脾气，硬是不肯妥协去丈人家道个歉然后把老婆接回来。张忠越牛，老婆就越气，然后就扬言离婚。丈人丈母对这掌上明珠的女儿奈何不得，就去动员所有亲戚朋友规劝女儿息怒平气。当然，规劝之人也无不对张忠的所谓"不予理睬"态度颇具异议。于是纷纷打电话找张忠谈心。

这晚新闻联播刚过，王局长家便响起了急骤的电话声。喂！哪里？王局长丢掉牙签抓起话筒问。噢，是省政府！对，是有个叫张忠的，他就住我对面。行！你等着，我去喊他来接电话。王局长匆匆忙忙推开窗户，对着前面那栋楼猛叫：小张，小张，张忠，我这有你电话。张忠本来早就听到王局长的喊声，但鉴于单位有五个姓张的，因此不敢接腔，直到听清"张忠"二字，才应道：我就来。张忠像刘姥姥进大观园一样小心翼翼地走进局长卧室，一阵嗯嗯嗯便甩了话筒。王局长要小张坐会儿，张忠说家里还煮着饭就不坐了。等张忠刚下楼梯，王局长夫人就问电话是哪打来的。王局长说是省政府。王局长夫人就问那个人是小张什么人。王局长说好像是他的什么伯伯。

第二天晚上，王局长正在和一个高个子男人捏着一个红包你推我让，卧室里的电话又响了。喂，我是省纪委，请叫你们单位的张忠同志接个电话好吗？王局长夫人嘘地一声对着王局长和那个男人说：别推让了，省纪委的电话。王局长和那个男人顿时温驯得像两只绵羊。局长夫人殷勤地引张忠入卧室通电话。张忠是是是地回答了几句便下了楼。两个电话，王局长总算对一贯老老实实兢兢业业的张忠有了新的认识。

又过了一个晚上，王局长正准备睡觉，电话又响了，是省电视台打来的。说要找张忠谈急事。张忠穿着拖鞋啪嗒啪嗒上楼来。喂，是舅舅呀？这么晚打电话有什么事，噢，我知道，我知道怎么办。张忠啪地一声放下话筒，还对王局长说了一大堆抱歉的话。

差不多是下午6点半，王局长很严肃地回到家里，老婆问他出了什么事值得他这般认真。王局长叹了口气说：李副局长后天就要调工商局去了，省局要我们七天之内推荐一名副局长，报省局批准。经党组筛选，认为人事科小马和办公室小刘都不错，但不好定哪一个。局长夫人捏了一下王局长的耳朵，说：你怎么忘了一个头号人物？王局长啪地拍了一下脑袋：哎哟，小张同志。王局长和夫人顿时开心地笑了，而且很轻松地早早上了床。

默默无闻扎扎实实的张忠三天后被提名为单位副局长而且第五天就被省局批了下来。这使张忠受宠若惊，以至于几次在友人的吹捧下哭了起来。然而，夜晚找张忠的电话依旧在王局长家里发生，这又使王局长马上意识到有项首要任务需要解决：给张副局长家装一部电话。

那天晚上，张忠一个人待在房间捧着那部崭新的电话机哭得很流畅，令人莫名其妙。王局长听到此事后，次日专门找张忠谈了话，说你早是我培养的对象，拖到今天才提拔你，让你受委屈了。张忠好感动，表示今后要加倍努力，好好工作，以感谢领导的栽培。

王局长家又打来了省政府的电话。王局长告诉对方张忠家已装了电话，号码是513721，并问你老在省政府哪个部门负责。话筒传音：我是张忠的爱人的伯伯，在省政府二大门守门，张忠和他爱人为了装一部电话就闹分歧并扬言离婚，我打电话劝劝他。王局长几乎是在失望中暗地里骂他有屁快放。望着对面房间里张忠和他爱人的忙碌身影，王局长狠狠地闭上了眼睛。

　　在一次人少的机会中，王局长有意扯到他上个月所接的一些电话，张忠不以为然地加以解释：那都是些好心人，在省政府工作的是我爱人的伯伯，二大门守门员；省纪委的是我爱人的表叔，卫生勤杂工；电视台的是我爱人的舅舅，办公室收发员……

　　王局长两眼发直，像是喉管里堵上了一块骨头。

# 血红的记忆

约翰逊的一句话，使得越南这块贫瘠的土地上到处窜动着美国大兵。

拉瑞·保罗斯有点赶不上这场战争了。骇人听闻的决定，一触即发的战事，将一方静谧的家园支离成一个恐怖世界。保罗斯踏上这片战火纷飞的土地时，战争已处于白热化，到处都是死亡的对质，到处都是血淋淋的事实。保罗斯走进这个不归路的陌生世界，既不是为了该死的美国约翰逊政府，也不是为了可怜的越南。他只想用手中的相机为死去的人提供步入天堂的证据。

战争就是要死一批人。至于死者能不能进入天堂，约翰逊政府不管。约翰逊政府只管那些不循规蹈矩的生者，并一再忠告着保罗斯的同行们：美国政府派遣到越南的记者既不称职，也不爱国，他们不应该对美国政府的外交政策提出批评，甚至连怀疑也不能有。战场之外的政治套话已经被血红的事实所掩埋。保罗斯们不理睬这一套，他们只知道什么是生命的过渡，由生至死的过渡，什么是良心，肉体与血液凝结的良心。

拉瑞·保罗斯不需要钢盔，他需要的是时间和机会。

1966 年 4 月 21 日，盘子山高地炮火对峙了两天两夜。活生生的美国大兵一个个爬上去，又一个个运回来，有的残肢败腿，有的昏迷不醒。接下来，运出来的人愈来愈少，像是战事在朝着雄心勃勃的约翰逊政府迈进。

拉瑞·保罗斯鬼一般地偷进了盘子山。

眼前的一切，让摄影师拉瑞·保罗斯凝固了抓拍的灵性。炮弹仍断断续续在天空中交错。帐篷像一块掩尸布，静静地躺在远处的柴堆上，两个美国大兵一站一蹲守在帐篷边，密切地注视着丛林外。一棵枯死的老树被炮弹击倒在狭小的平地边。平地原本是丛林，现在只剩了几棵黑乎乎的树兜。老枯树的枝干上挂着一件鱼网般的军衣。平地中央，一个头缠绷带的黑人士兵支着双腿，伸出两只黑乎乎的粘满泥土的手，闭着双眼，在努力地摸着方向。黑人士兵嘴里呼喊着：我要回家！我要回家！离黑人士兵一步之遥，躺着一个丢了头盔裹满泥土的战友，他坐靠在一棵倒下的树干上，左手伸得笔直，像十字架上耶稣的左手，他的手指牢牢地抓住一根树桩，左脚弯曲着支在地上，裤管从膝盖部位断裂开来，露出一只布满泥土的小腿，如同一尊木雕泥塑。显然，他已经不知道这里是异国战场，更听不到黑人战友发自内心的呼喊。在黑人士兵的左侧，躺着一个被泥土掩埋的战友，可以看到他那两条青蛙般的曲腿。黑人士兵分不清美国在哪里，他唯一能碰到的是地下那两条青蛙般的曲腿，他唯一能摸到的是地下那张泥塑般的脸。三个美国大兵走在黑人士兵身边，他们对这里的一切视而不见。他们唯一感到恼火的是这位头发零乱胸挂相机的摄影师。

一个高个子大兵提着手枪，气势汹汹地朝呆若木鸡的拉瑞·保罗斯走来，说，该死的，这里不准拍摄！快给我滚回去！

拉瑞·保罗斯从骂声中醒来。他指着眼前的一切，咆哮着：上帝呀，你没有权力阻止大众毫无成见的心理，你没有权力阻止反对赤裸裸的暴行，你没有权力阻止反对令人作呕的政府行为，你更没有权力阻止来自越南前线令人心潮起伏的悲剧！

高个子大兵的话对保罗斯一点作用也没有，等于放了一个屁。

拉瑞·保罗斯急忙举起相机，对准眼前的一切。

你这头蠢猪，去死吧！

咔嚓——砰——轰——

声音是那么的和谐而紧凑。一溜炮弹从空中飞来，这里尘土飞扬……

越南军民收拾盘子山高地时，在这里捡到一个相机，是从拉瑞·保罗斯钢筋般的指缝里扳出来的。里面有拉瑞·保罗斯临死前所看到的惊人一幕。

战后的美国资料显示：越战期间，美国赴越军人四十万，死亡四万，伤残者三十余万，同时，有三十多位摄影记者献出了生命。

这包括拉瑞·保罗斯。

# 官 运

当同事把彭海生从游泳池里捞出来时，彭海生的肚子胀得像个皮球。

这是个夏日炎炎的晚上，彭海生喝了两瓶啤酒就下了水。是同事小张请的客。小张有喜事，他当监察室副主任的文件正在打印。科室人就敲他的杠子。小张不但请吃，吃完了还请大家去"游"。

其实，彭海生会游水。从他的名字中，你可以断定他是个游水行家。去年抗洪那阵子，彭海生真是风光无限，最多的一天，他从洪水中救出了七条人命。

但是，同事打捞上来的，的确是他彭海生。这就不能不让人感到惊讶。

人们把彭海生溺水的事归结为喝酒过量。

彭海生的老婆却在心里骂：死鬼，这么想不通，不就是个副处长么？用得着这般伤心，真是没用！

当彭海生那胀得像个皮球的肚皮恢复原状时，彭海生却听不到领导的亲切问候。

领导只是问：老彭，好点没有？

躺在病床上的彭海生，看见领导的嘴像是在拉鸡腿一样，一翘一拉的。

彭海生回答说：我没有意见！

彭海生老婆马上靠在彭海生耳根边，纠正说：王局长问你好点没有。

彭海生并没有纠正他的回答，而是对着领导们憨笑。

领导觉得老彭的回答很幽默，又问：还有什么需要单位解决的，你只管说。

王局长的话还没讲完，彭海生老婆便向彭海生大声地重复起王局长的话来。

彭海生笑着说：你们定吧，我没意见！

彭海生老婆已觉得彭海生不是过去那个彭海生了。但领导却觉得这个彭海生好像比以前更成熟了。

从后来的工作看，彭海生确实比以前成熟了许多。

老彭经常默默无闻地待在办公室里喝茶看报。科室里的事情，彭海生想做就做，不想做时，谁也别想指使他，说了也等于放屁。一次，处长要他起草一份文件，彭海生眼睛盯得圆溜溜的，呆呆地望着处长。处长被他这个动作吓坏了，赶紧命令处室另一位科长去做。从此，彭海生在处里独来独往，也没任何人与他搭讪。甚至处里人谈论克林顿的绯闻，他也无动于衷。要是以前，他肯定会在这个时候唱主角，说，那个克林顿呀，简直就是一个政治色狼加无赖，莱温斯基把他的精液都保存了，他还不肯承认，真他妈不是个东西！

生活中的彭海生常常都是一副严肃相。他的耳朵失去了耳朵应有的功能，他的嘴也趋近于半个残废。彭海生那张曾经异常活跃的嘴，如今也只能吃吃饭、喝喝酒、抽抽烟什么的，即或开口了，也只是些答非所问的话。单位里的人全当他的话如放屁，爱听就听他一两句，不爱听装作没听见。

这年年底，监察室主任因为老得连爬楼都要人扶着走，不得不退下来了。

人们预料，这又是一个热闹的年关。

很多人推测那个狗日的小张会连升两级。

总之，当官的事，人人都想，只是看谁神通广大。

当然，完全没一点底子的，自然就不会那么蠢，丢了洋子，耗了精力，去吃那块天鹅肉。他们只会在茶余饭后聚着议着，然后抛出那么一句离散时常用的话：哼，不当官，同样也吃饭！

谁也不会告诉他彭海生，单位又要提一个正处了，告诉他也等于放屁！谁叫他耳聋口吃呢！

彭海生依旧是那般默无声息地看他的报，泡他的茶，喝他的酒。用官场上的话来说：活得与世无争。

　　任命彭海生为监察室主任的文件，就像上市公司的年报一样，令广大"股民"竞相阅读。

　　这真是一个与世无争的奇迹！一个科长一下子连升两级！

　　或许，监察这个特殊岗位，本来就需要特殊的人来把守。

　　彭海生又聋又痴。他肯定很适合于做监察工作。很多人都这么想。

# 追 贼

我对蒙城的印象不好的原因，是因为我的同事张丕显在蒙城的贼遇。我的同事张丕显说，他那次暮宿蒙城，被可恶的贼偷得只剩下一条短裤，好在宾馆的工作人员热情相助，才得以体面回家。最后，我的同事张丕显概括性地总结说，蒙城人看上去个个都像贼，尖嘴猴腮的，嘴巴对你微笑，手却伸进了你的口袋。

所以，我们同事仨吃过晚饭，就结伴往居住的宾馆方向走。我们吃饭的地方叫九龙土菜馆，离我们居住的华神宾馆只有五百米之遥。然而，这五百米的距离，基本上是绿树林立，街道纵横。我们同事仨就这样酒足饭饱地徜徉在蒙城的暮色中。

突然，一个穿长运动衫几乎把屁股全部包起来的小伙子脚踩滑板，风一般地从我身边溜过。我左手被轻微地碰了一下。出于对蒙城的不好印象，我马上意识到我可能遭贼了。果然如此，我的手表不见了。我左手佩带的西铁城情侣表是我结婚时购置的，八年来，它就一直没离开我的左手。现在，它不见了！我说，我的手表被刚才那个毛小子给撸了！我的两个同事立刻明白过来，他们像被贼撸了一样，加快脚步追起来。

长衫裹着屁股的卷毛小子开始还在面前的道路上悠哉游哉滑他的滑板，见我们三人跑着对他吼叫，才开始紧张地调整起他的滑速。毛小子看上去十五六岁，身材单瘦，真要打起来，肯定不是我的对手，更何况我们现在是三个对一个。因此，我们三人的胆子都出奇地大。我们一口气追了三条街道。毛小子的滑板技术虽然很高超，但因为街道越走越不平坦，路况也有点糟糕，毛小子已经被我们追得只有跳跃的份了。路上偶尔驻足了行人，但我觉得他们都像树木立在那里，伴随我的奔跑，他们在急速地往后移。他们或许正津津有味地观赏着蒙城三个追一个的闹剧，他们压根儿就没打算让我的西铁城手表物归原主。我不时地听到有行人在指挥着我：往右追！他快要转弯了！当然，也有人在指挥那个毛小子：快点滑呀！他们要追上了！

我的天呀，这就是体育之乡蒙城！

我真不知道我那天的耐力竟会有那么好。我曾参加过一次学校 2000 米的长跑，班上很多同学都站在啦啦队里为我助威：加油！加油！坚持就是胜利！可我怎么也坚持不下去，只觉得喉咙里灌了辣酱似的，两腿一软，就不行了。但是，追蒙城这个毛小子，我觉得越追越来劲，可能是体育之乡带给我的神奇魅力。我边追边喊：把表还给我！把表还给我！

再追过去一条街，毛小子已经有点动摇了。只见他快速地蹲下来，将一样东西放在马路上。我气喘吁吁地追上去，拾起地上那块手表，却发现那表根本就不是西铁城，是块很普通的手表。可是，这时的毛小子已经消失得无影无踪。两个同事喘着粗气追上来，说，东西得了吗？我说，他还的表不是我的，是他掉包了。一个同事提醒我：你仔细看一看，你的手表是不是在你身上？不一会，我就从我的内衣口袋里找出了我那块西铁城情侣表。

看来，毛小子这回是被冤枉了。

我们正说着话时，毛小子神出鬼没地从一个岔道里冒出来。我大呼：小子，你站住！你的手表！毛小子立刻又慌了神，他飞速地滑动他的滑板。我们仨前呼后拥奔过去。可是，惊人的一幕让我们三个傻了眼：一辆满载货物的大货车，从对面风驰电掣驶过来。我们看到毛小子的滑板从轮胎边擦过……

大货车"吱——"地刹住了。这下完了，出人命了！我们仨吓得丢了魂似的。只听大货车后面"砰"的一声，很明显，有车撞上了。大货车司机跳下来，围着车子转了一圈，然后和撞车的司机开始高声吼叫。这时，毛小子又出现在左边的小道上，滑得似乎很轻闲，很有技巧。

两辆车相撞事故，立刻让那条路堵塞起来。

我估计，用不了多久，警车所特有的刺耳声会朝这边赶过来。

我们决定悄然地步行回宾馆。越快越好。

# 你们到底还让不让人睡

　　飞机准备降落时，蒋婷正好睡醒。身边的宫局长正在收拾报纸，将报纸胡乱地塞进前座的背袋里。睡眼惺忪的蒋婷撩开宫局长盖在自己胸前那件黄夹克，将饱满而富有弹性的胸挺了挺，朝宫局长微微一笑，问，到哪了？

　　望着蒋婷那两个高耸的小山峰以及那红嘟嘟的嘴，宫局长有点走神了。宫局长嘴上说马上就到柳云机场，可心中那匹野马却驮着他重温这十来天与这位人事处长的灵感交流。这个女人真有味。事前，半推半就的，一旦上了路，就不得了，碰到哪里，哪里都是她的敏感部位，叫得让人火急火燎，神魂颠倒。更要命的是，刚用过的枪，经她那么一折腾，立即又上了膛，整得人筋疲力尽。

　　蒋婷抿了抿嘴，鼻翼里冲出一股淡淡的兰香。宫局长已经熟悉了这股气味。

　　司机小张早已守候在机场门口，他很熟练地帮宫局长和蒋处长提行李，边走边问，局长，处长，你们吃了晚饭吗？蒋婷正经着脸说，在南海那边吃过了。在司机小张眼里，蒋婷处长有点像观音，人虽然漂亮，但却不怎么来神。

　　夜色蒙蒙。

　　小张的车像一支离弦的箭，顺着笔直的高速路直往前冲。

　　车内安静得让人欲睡。

　　蒋婷拨通了家里的电话。蒋婷说，妈，是我呀，对，婷婷。什么？我刚下飞机。一个小时就到家。乐乐乖不？嘻嘻！要乐乐听电话。噢！宝贝，叫妈妈！妈妈想死你了！

车内安静得再一次让人欲睡。

宫局长润了润嗓门，说，蒋处长呀，你这几天把薪酬方案弄一弄，咱们在南海的基础上，将收入分配差距再拉大一些。下周一先给我看，星期四放到党委会上讨论。

蒋婷谦虚而礼貌地说，好的，宫局长，您放心，我们人事处的一个当十个，明天就拿方案，保证按时提交。末了，蒋婷又说，小张，请你在植物园路口停一下。

宫局长说，还是送一下吧。

蒋婷说，不用了，局长，我家离那个路口很近，走几步就到了。

送走了蒋婷，宫局长开始打电话。其实，宫局长家的那个小美人早就知道他在回家的路上。小美人比宫局长小十七岁，是宫局长五年前下基层指导工作时聊上的。当时，小美人是一家歌厅的舞蹈教练，陪宫局长跳了几次舞，就跳上了床。后来，小美人就进了税务局。再后来，宫局长就离了婚，搬出了单位住宅楼，入住在这座城市的坡子街。宫局长家的小美人在电话那头很娇气地说：怎么才来嘛！是不是飞机晚点了？宫局长说，没有呢，马上就到。

车子转进了坡子街。

宫局长想，还是这个小美人贴心，说起话来柔情似水。那阵子想与她私了，她泪汪汪地硬是不从。哼！女人就是女人，一旦铁了心，就会像螃蟹一样，夹得你甩都甩不掉。想起这十来天里与蒋婷的事，宫局长有点心虚。别看家里那个小美人妩媚娇小，发起横来，就像一头哺乳期的母狮，抓到哪里，哪里见红，咬到哪里，哪里掉肉。话又说回来，也不容易呀，咱可不能再离了！车里的宫局长情不自禁地点着头。

车子刚停稳，宫局长家的小美人就按响了楼下的电动门。小美人知道她的官人就在楼下。小美人要给她的大官人一种特别的温馨。

宫局长的家门已经微开着。宫局长还未来得及脱掉鞋，就被他的小美人从背后一把抱住。宫局长心领神会。宫局长决定保持男人的雄风，他绝不能让自己的小美人看出丝毫破绽。宫局长顿时变得如一头发情的雄狮，双手一撩，小美人身上那件薄如蝉翼的小挂衣，便飞舞在客厅里。宫局长左手托起小美人的头，右手扶起小美人的下巴，将小美人的嘴唇往上抬了抬，一口亲下去，亲得小美人呜呜地叫。宫局长喜欢这种像是被强奸的叫声。宫局长希望能见到效果。或许是身体外耗过多，下面似乎有点短路。宫局长决定用另一种方式将激情进行到底。宫局长用手抚摸着两只兔儿，慢慢地，手开始顺着小美人的肚脐眼往下滑。宫局长明显感到自己已经来劲了，他要乘胜追击。宫局长一把架起小美人的双腿，往上一用力，小美人便被抱了起来。宫局长用脚推开卧室的门，将小美人摔倒在床上。随心所欲。毫无程序。一切都变得突然、猛烈和放肆。简言之，宫局长要让这个小美人知道：这十来天的分离，原本就应该是这样突然、猛烈和放肆！

楼下住着一位老人。老人患有严重失眠症。此时此刻，正值老人小睡片刻的时候。老人已经用很多办法让自己入睡，但都不见效果。也不知道今天这个时候自己是怎么入睡的。

楼上的风雨交加，对老人来说，就如同闪电雷鸣。

终于，老人捶响了宫局长家的门。

宫局长撩了一把耷拉在额头的那绺头发，将头探出来，问：找谁？

老人说：都十来天了，天天晚上都这样，你们到底还让不让人睡？

宫局长一头雾水。

# 官　习

旧领导因为各种原因走了，新领导也就因为各种原因来了。

新领导抓的第一件事，就是整顿机关作风。也就是说，我们的机关人员太不自觉了，不该迟到的迟到，不该早退的早退，不该上班时间到外面吃粉条的吃粉条，不该还没到下班时间早早跑到菜市场买菜的买菜。总之，新领导是绝不允许这种拖拖拉拉的工作作风在他上任时继续存在的。

新领导的要求很严，措施也很强硬：即日起，所有员工必须准时上班，不管哪个员工迟到或早退一次，一律罚款 10 块。

新领导说到做到。

每天早晨 7 点半，新领导会早早地出现在机关办公楼的楼梯口，巡视着前来上班的员工。上班过后，新领导偶尔还会背着手、踱着方步来到各个科室。这就让我们这些过惯了自由生活的人很不自在。可以说，那段时间，机关每个人的脑神经都绷得紧紧的。当然，也有背时的，比如说方文强。那天，方文强刚把自行车锁上，就碰上了新领导。新领导说，认罚吧，10 块，公事公办！方文强就这么挨了一次。倒不是 10 块钱的事，关键是撞到枪口上，出了丑。

紧张的气氛维持不了多久，大家就觉得新领导其实很随便。

很随便的新领导不久就变成了旧领导。他带着一脸遗憾到点退休。

当然，又来了一位新领导。

新领导到位后抓的第一件事就是劳动纪律。新领导很痛恨那种纪律散漫的工作作风。新领导在他第一次会议上，就十分尖锐地指出劳动纪律散漫不是一个简单问题，是一个很严肃的问题。他说，像这种想来就来、想去就去的工作作风，怎么能把一个单位搞好呢？这种歪风非刹不可！新领导在会上当即宣布了一条铁纪律：从明天开始，迟到一刻钟，罚款 20 元。

新领导说到做到。

每天早晨 7 点钟，新领导会早早地出现在机关办公楼的楼梯口，巡视着前来上班的员工。上班过后，新领导偶尔还会背着手、踱着方步、拿着小笔记本来到各个科室。这就让我们这些过惯了自由生活的人很不自在。可以说，那段时间，机关每个人的脑神经都绷得紧紧的。

大家都很自觉，没有人碰到新领导的枪口上。

紧张的气氛维持不了多久，大家就觉得新领导其实非常随便。

非常随便的新领导不久就变成了旧领导。他因为随便到让机关员工烤着电火炉在办公室通宵玩麻将，闹了一场火灾，被调往他地任职。

自然，又来了一位新领导。

新领导上台的第一项工作就是彻底改变机关面貌。他说，我到了那么多地方，还从来没看到过像这样的单位，人心涣散，纪律松弛。新领导亲自督促办公室起草了一份关于加强机关劳动纪律的文件。文件明文规定：凡上班迟到或早退十分钟的，罚款 30 元。

新领导说到做到。

每天早晨六点半，新领导会早早地出现在机关办公楼的楼梯口，巡视着前来上班的员工。上班过后，新领导偶尔还会背着手、踱着方步、拿着小笔记本来到各个科室。这就让我们这些过惯了自由生活的人很不自在。可以说，那段时间，机关每个人的脑神经都绷得紧紧的。

依旧没人倒在新领导的枪口下。

紧张的气氛维持不了多久，大家就觉得新领导其实是非常非常地随便。

非常非常随便的新领导不久又变成了旧领导。他因为非常非常随便地搞了他几个副手的老婆，而被非常非常不随便的几个副手一而再再而三地往上揭举，才将他平调到上级机关任部门领导。

自然，又来了一位新领导。

新领导上任后的第一个工作思路，就是创建高效型机关。他说，高效型机关的基础，就是要抓作风建设。于是，由新领导亲自起草的一份关于开展高效型机关建设的文件浮出水面。其中一条明确规定：凡上班迟到或早退五分钟的，罚款 40 元。

新领导说到做到。

每天早晨六点钟，新领导会早早地出现在机关办公楼的楼梯口，巡视着前来上班的员工。上班过后，新领导偶尔还会背着手、踱着方步、拿着小笔记本来到各个科室。这就让我们这些过惯了自由生活的人很不自在。可以说，那段时间，机关每个人的脑神经都绷得紧紧的。

依旧没人倒在新领导的枪口下。

紧张的气氛维持不了多久，大家就觉得新领导其实比谁都随便。

比谁都随便的新领导不久就变成了旧领导。他因为随便到拿公款去赌博而进了监狱。

据说，马上又会来一位新领导。

新领导在那边还没打移交，就已经把话带过来了：搞好一个单位，首先要抓人，抓人就得抓人的行为规范，抓行为规范必须从纪律抓起。前去接应那位新领导的人回来放了风：从今往后，机关人员凡迟到或早退一分钟的，罚款 50 元。

新领导还没上任，我们都做好了绷紧脑神经的准备。

但是，有一点我们是清楚的：这种准备肯定是短期的，因为大家已经变得像是在熔炉里煅炼过的一样，什么火烧火燎没经历过？

我们期盼着新领导的到来。

# 官 腔

李朦胧老师是个很特殊的人物。

李老师是一位地地道道的化学老师，可他对诗的爱好远远胜过他的化学元素。

那天，我下乡到浯溪镇。晚饭后，几位同事邀我上浯溪中学走走，跨进校门，我就看见一个男人正翘着屁股在厨房里炒菜。同事告诉我，窗户里的那个男人就是李朦胧老师。我们一行走过去，隔着窗户看李老师炒菜，他正在炒牛肺。他的衣服很长，全身都是口袋，黄色的布料已穿成了淡绿色。据说，李朦胧老师上课从来不用白粉笔，他一贯使用绿色。用他的话来解释，绿色象征着人类古老的文明，象征着人与人之间纯洁的友谊。李老师见我们来了，直了直身子，用一种很温和很坦诚的微笑向我们招呼着。我的一位同事隔了窗户递给李老师一支烟，他接过烟后，向我们倒出一腔幸福的微笑，继而又将烟夹在耳根上，咔嚓咔嚓炒他的牛肺。我问李老师你为什么喜欢吃这种东西。他对我说，这你就有所不知了，牛肺是牛的灵魂，我们教书人又是人类的灵魂，用牛的灵魂来充实人的灵魂，更能促进人类在诚实的天空里翱翔。我的思维立刻被李朦胧老师诗一般的语言撕开了一道口子，让我深深地记住了这浯溪中学还有一个李朦胧老师。

至于李朦胧老师的化学课上得怎么样，我不得而知。但浯溪的学生们普遍反映李老师的化学课上得让人热血沸腾。他常常用抒情的方式把课堂搞得热闹无比。李老师最拿手的还是那些感叹词，他常常将"啊——、嗯——"之类的感叹词，拖得让人联想到自己仿佛在划一条鸡肠子，以至于李老师的课常常没能按计划讲完。当然，学生们是没有多大意见的。相反，他们很喜欢听李老师的课，因为李老师除了教给他们数学算式似的化学方程式外，还教会他们怎样长长地拖音，怎样抑扬顿挫地回答问题。李老师的课总是在欢快的节奏中很遗憾地结束。

李朦胧老师除了擅长作诗以外，便是喝酒。他的酒量虽不算很大，但却能因一两杯酒诞生出许许多多让人陶醉的句子来。可以说，李老师的华丽诗言在一两滴酒的滋润下，更会变得荡气回肠。李老师常常在周末的夜晚，独自一人喝着他那廉价的包谷烧。几杯酒下肚，房间里便充满着"嗯嗯啊啊"的感叹声，让人感觉到那里面像是在开会。

教师节是老师们的节日，也是乡镇领导和老师们共同吃肉、共同喝酒的节日。那次，李朦胧老师多喝了几杯，诗兴大发，嗯了又啊，啊了又嗯，嗯嗯啊啊，啊啊嗯嗯，喧哗不已。据好事者统计，那顿酒上，李朦胧老师一共嗯出一百一十三个"嗯"字，啊了八十九个"啊"字，让在场的吃喝者很受鼓舞，特别是县委管教育的孟副书记，听得忘了喝几位女老师敬他的酒。

谁也没有料想到，李朦胧老师竟得到了孟副书记的极大赏识。不久，李朦胧老师改行了，李朦胧老师被调到了县委宣传部。

再不久，李老师当上了县委办副主任。嗯嗯啊啊的李朦胧副主任，经常在各种会议上嗯嗯啊啊。

就这么嗯嗯啊啊半年多，李朦胧副主任成了嗯嗯啊啊的副县长。

现在，人们经常可以在各种大会小会上，听到李副县长铿锵有力的嗯嗯啊啊声。

不过，很多人都认为，李副县长的嗯嗯啊啊不再像以前那样充满诗意，而带有一股非常强硬的指责、批评、怒骂，仿佛他是在跟犯了错的孙儿们说话。

## 唐山往事

孩子还没长牙，嘴巴和缺了牙的老人差不多，抿一抿，人性十足。女人就侧睡在孩子身边，和着衣，满脸憔悴，一点睡意也没有。孩子原本是抓着女人奶头入睡的，孩子饱了，困了，他的手也就离开了那儿。孩子拳头握得紧紧的，他在呼呼入睡。女人的奶头对于孩子是完全敞开的，只要孩子愿意，他随时可以去吮。

灯光忽明忽暗地亮着，效果有点骇人。和女人的心情一样。男人已经走了三个月，一点音信都没有。男人是被学校几个同事揪走的。男人走的时候，一脸愤恨。上面只答应男人一个条件：临行前，让他见一见自己妻子和八个月大的孩子。那天，她去了，抱着她的孩子。看到男人胡子拉碴衣角不整的模样，女人的泪水断珠似的掉在孩子脸上。怀里的孩子对着她笑，在贪婪地吮着她掉下的泪。孩子还小，他全然不知这是一种生离死别的悲哀。

孩子触电似的惊了一下，嘴巴拉成鱼尾状。或许，孩子做了一个谁也不知道的梦。女人侧过身，用手轻轻拍着孩子，嘴里哼着那首十分古老的摇篮曲。孩子再一次抿了抿他那张老太婆似的嘴，后脑壳在软绵绵的枕头上磨蹭一下，旋即，又恢复了方才的熟睡状。望着熟睡的孩子，女人的眼泪就出来了。女人的声音很轻。这样的呜咽声，对于孩子入睡，不是什么障碍。这段时间，孩子已经听惯了这种声音。孩子在这种呜咽声中继续做着他的梦。但是，孩子的梦马上就被一阵骇人的风打破了。吹着口哨一般的风，无情地拍打着脱了扣的窗户，孩子"哇"地一声惊哭了。女人扶起自己最有效对孩子来说又最管用的东西插进孩子嘴里。孩子的哭声立刻就化为嘴角的嚅动。女人滚烫的泪水仍在溢动，湿了被头一角……

我不知道该怎样把这个故事陈述下去。可是，生活还得延续。

还是这对母子。一对年轻的母子。还得从他们的哭声和泪水中往下讲。

一对年轻的母子"睡"在一起，但再也不是什么床了。是一个十分有限的生存空间。他们睡得有些距离。女人的胸被一块无法挪动的顶梁重重压着，双脚也被几根横梁柱横着，动弹不得。孩子虽没有这等伤害，但尘粉已呛得他哇哇直哭，周边的残壁断砖刺痛着他那娇嫩的身躯。

女人经过了无数次努力，也无法动摇自己胸膛上的那堆重负。女人拼命地哭，拼命地喊。可是，一切都是徒劳，一切都变得那么无可奈何。女人的哭喊声超过了孩子几十倍、几百倍。

此时此刻，哭声已变得像潮水一般，此起彼伏，浸透着这里的地上地下。

人们只能用哭喊声抗争着，抗争着。包括这个女人和她的孩子。

时间开始装扮成魔鬼的模样，向这里的每一个人发起了攻击。女人似乎看到了这个魔鬼。女人表现出极度的恐慌和痛苦。她企图把这个魔鬼变脸成自己的男人，但只是一刹那的事。魔鬼终究是魔鬼。女人唯一能做的，就是用悲痛把自己意向中的男人包装起来，然后将他深深隐藏在自己的灵魂深处。眼前的孩子，她和心爱男人所共有的孩子，此时此刻，才是她真诚的全部。只要孩子看不见魔鬼的存在，自己的心就永远不会死。

魔鬼的脚步一步步逼近这个女人。

女人知道，自己马上就会跟随这个魔鬼飘然而去。这似乎没什么可怕，或许，男人正在那边等着她。

孩子的哭声打碎了她这种想法。离女人咫尺之远的孩子，哭得双脚乱蹬，双手乱抓。我可怜的孩子！女人努力将手伸向啼哭不已的孩子。孩子就躺在她附近。但女人千方百计伸长的手，只能触摸到孩子一只鞋尖……

无数人已经被恶魔带走。

无数人在奔向这个恶魔横行的地方。

一星期后，人们打开了魔鬼给这对年轻母子所设计的生死空间，个个都惊呆了：女人面带微笑，色如白蜡，双眼死死盯住这边的孩子。孩子脸上裹满了血与尘的混合物，孩子嘴里仍在嚅动，见到一张张生面孔，出奇地安静。

　　参与救护的医生将女人那根指头从孩子嘴里拨掉时，孩子"哇"地一声哭了。

　　在场的所有人员都哭了：女人右手的中指已被咬去一大截，被咬去的那截，就在女人嘴里，还没嚼碎……

　　医生说，女人不是窒息而死，而是失血过度。

# 官 劲

真让人痛心，过去的凤凰如今变成了鸡。

二十年前，我们这些供销社的干部哪一个不神气十足？又有哪个不拍我们，不求我们？就拿我们供销社门口的张玉婆和李五公来说，二十年前为了能多买二尺布三斤糖，他们口口声声答应将女儿许配给我呢！可是一眨眼，我们供销社的就不值钱了。搞南杂五金的，比比皆是。让我气愤的是那个跛子马六，过去他为了给孩子买半斤白糖，七次委托他老婆找我老婆说好话，现在那个狗日的可狂妄了，搞了几年糖酒批发生意，就口口声声要承包我们的供销社。他奶奶的，他算个什么东西？老子在供销社当干部时，他还在村子里捡狗屎呢！

甭管我怎么想，怎么自慰，现实终究还是现实。我们的木榔溪供销社一年不如一年，职工人数由原来的八十人减到现在的十八人。据说，我们的一把手孟主任因为躲不起银行催贷，传言也要去深圳打工了。这就让我这个四十多岁的老头更加感到悲哀。不过，我是不会外出打工的，虽没多大名堂，但一年到头下来，糊嘴还是有可能的。

与我持同一种观点的还有老会计彭肠子。老彭搞了三十多年的供销社会计，原来一直是个红人。曾多次传说他要当主任，也不知是什么原因，他只有红起来的份儿，却没有当官运。最近几年，老彭经常发脾气，会议也不参加，还经常打老婆。供销社的一正三副都有点怕他。或许是年纪方面的原因，老彭喜欢和我发发脾气。老彭说，咱们单位还有什么卵搞场，连续五年亏损，现在亏到 250 万了。哼！在这样的单位当官，简直就是受罪噢！

老彭经常鼓励我也出去闯一闯。他说，要是我只有四十三四岁，老婆儿女都有工作，我就不会像你这样，守着这没死没活的单位熬日子。我只是笑。因为我没有老彭那样的闯劲。我也深深为老彭感到同情，谁叫他不搞出几个有出息的儿女呢。说老实话，大我五岁的老彭，年轻时就和我不一样，他找老婆的标准是漂亮，其他则不管。而我呢，注意的是实惠，丑一点不要紧。结果还是我对了。

老彭常常邋里邋遢地在单位里发牢骚。虽然没几个人听，他还是照骂无误。回到家里，他就对老婆凶，像个老爷似的，动不动就骂他老婆是个丑婆娘。其实，老彭的婆娘年轻时，真的就像一枝花，红扑扑的脸蛋，轻巧的身子，笑起来很迷人。供销社好多人都说他彭肠子这辈子行了狗屎运。可老彭现在却不这么认为。也不知他哪一根视觉神经接错了位。

打个不好听的比方，我们单位就像一头病重的老牛，什么时候倒下，什么时候剥皮，那只是指日可待的事了。

我们的一把手孟主任真的走了。走得毫无顾忌。

几个月后，孟主任又带走了他的三位副手。

单位就变得更加让人寒心。

都指望着破产，想分点破房子、破柜台什么的。但是，当银行里的人把吓人的贷款数目一公布，大家又害怕真的破产。原因是：一旦破产，银行就会先下手，将单位值钱的全部收作抵债。大家是多么希望这个破碎的家能够支撑下去。因此，就想到了单位必须有一位领导才行。

几十人的目光于是就对准了老彭。老彭也没想到有这般结果。一声他奶奶的，他就真的上台了。

这让大伙哭笑不得。有一个头总比没头好。大家就暂时依了老彭。当然，上面也没有什么好说的。有人能在危难时候挺身而出，更何况在这样的破单位当领导，根本就没什么好处可捞。

当了官的老彭立刻变了样：一是衣着整洁起来；二是情绪乐观起来，在他嘴里再也听不出什么消极话。记得上面来人宣布他上任那天晚上，他来到我家，很兴奋地对我说，老陈呀，好好干！不就是亏了二百多万么，听说其它供销社比我们亏得更多。他还说，他准备配两名副手，帮他抓抓管理。他问我愿不愿意。我知道他的意思。我说，我可干不了，不过，我还是愿意当他一位忠实的员工。

　　老彭将供销社实行了股份经营。但是，五成股份被银行占了，跛子马六收买了三成，也就是说，咱们木榔溪供销社已经成了银行和马六的一个店铺。那狗日的马六几乎每天都要到我们供销社里转一转，有时还将我们的彭主任狠狠地训上一通。

　　老彭受不了那种气，屁股一拍，走了。

　　很久没看见我们的老彭了。

　　据说，他也去了深圳。在一家中外厂子当会计。

　　前段时间，我收到了老彭的一封来信。他要我去他那儿打工。他说，那里的工资很高，每月可在家乡买上五头猪。他还说，他快要当一个部门的老总了。

　　对了，他还说，那里都清一色地叫老板，不像我们这里叫彭主任彭主任什么的。

# 你那下雪了吗

他披着一身财气来到南方这个小都市盘算着他下一笔火红的生意。一切都显得那么娴熟：握手，狂笑，趁热吃，够朋友就喝。

他是这里的常客。

他做东似的提出留下一点酒量，上"奔月楼"潇洒一回。这当然是最好不过的事了。视他为宠物的那个矮胖子男人像一只猎狗，在前面打头阵，领了三三两两的哥们直赴"奔月楼"。

如果把"奔月楼"看作是这个都市最潇洒的风景，倒不如叫它是交易的黄金地。很多摆不平的事都可以在这里迎刃而解。"奔月楼"也就成了有钱男人大大方方处理事情的美丽借口。一进口，你就可以感悟到"奔月楼"是一个多么撩人的地方：红袍裹身的细腰不说，性感翕动的嘴儿不谈，单就那昏沉沉的音乐、朦胧胧的紫光和模糊糊的裸女挂像，足可以划开男人欲望的长河。媚性十足的老板娘撒种子般将这些男人们一个个安顿在火车软卧一样的包房里，然后就领了一个长长的小姐队伍，供他们挑选。小姐已经成了这里的商品，有没有销路，完全取决于这帮男人。

他一向讨厌那种四肢发达的女孩，就像讨厌他老婆一样。因此，他选了位身材不很丰满说话有点腼腆的大眼睛。大眼睛用感激的目光对他说了声：先生，请稍等！然后摇摇摆摆地出了门。他翻身躺在包房那张宽大的席梦思床上，望着昏暗的紫灯，把烟圈吐成一池水纹。不久，大眼睛就闪动在他的水纹里。大眼睛说：先生，请把外衣外裤脱下，我给你按摩。他脱得一身豪气，只剩下一条红短裤，腿如牛脚，毛茸茸的。

他将头睡在靠门的方位。大眼睛坐在他头前，双手忙碌着。一股痒酥酥的感觉顺着他的头部慢慢往下流。他红着眼喘了酒气，倒望着那双迷人的大眼睛，和自己女儿差不多。拉动视线往下移，他的眼眸里就装进了两座跳动的小山，近在咫尺，里面散发出一股桃花香。他在桃香的陶醉中问小姐哪儿人。大眼睛说，不远。大眼睛说：先生，您呢，本地人？他从肠胃里翻出一股菜渣嚼动着，很像一头牛，慢悠悠地说：黑龙江。俨如他嚼动的就是黑龙江里的一条蛇。他刚问完小姐到这干事多久，他就觉得自己问了一句不该问的废话。他曾问过无数这样的小姐，她们都会说：才一个月。可她低了头，说：只有两天。这样的数字让他全身有了快感。他贪婪地盯着那两座小山，心里有说不出的满足。

纤纤小指夹着他的一个个指头发出"哚哚哚"的响声。他变得像一头睡狮了，他迅速改变了自己的被动局面，他一把捏住那只小手往床上拖，大眼睛就忽闪在他怀里了。他说：小姐，还是我给你按摩吧。大眼睛忽闪忽闪地告诉他：先生，你在开玩笑了。她努力推开他毛茸茸的手，但全然就像鹰爪下的一只小鸡。大眼睛想用眼睛告诉他：我是一只从没吃过饲料的山鸡。然而，这样的会意，似乎更接近于他的胃口。

毛茸茸的手准备伸进那两座迷人的小山。

大眼睛问：先生，你是黑龙江的，你那下雪了吗？

问得好！好大一场雪呢！充满酒气的嘴，在努力寻找那个听起来很高雅的吻。可他沾到了一股咸咸的泪。

他给了泪水的发源地一记耳光。

大眼睛泪眼汪汪地说：先生，你那儿真的下雪了吗？

他本想说"你问这个干嘛"，他还是告诉了那双大眼睛：前天就开始下雪了。

他想深入到她的重要部位。

大眼睛一骨碌爬起来，一巴掌扇在他脸上。

他把头摇得像刚透出水面的鸭子，说：下雪有什么不对？

大眼睛一把拉开推拉门，说：哦，终于下雪了！

有人看见大眼睛冲出了"奔月楼"，冒雨跑到大街上，嘴里喊道：下雪了！下雪了！

下雪了，意味着大眼睛心中的那个男人快回来了。

　　大眼睛坚信：黑龙江那边一下雪就冰封，自己的淘金男人就会带着黄灿灿的金子和他那颗金子般的心回到家乡，和她结婚，和她生子，和她过乡下人最幸福的生活！

# 官　殇

男的腋窝里夹了一个包，在房门口脱鞋子。

女的赶紧从厨房跑出来，温柔有加地夺过男的腋窝里的包。

砰——门被关上了。

女的有个很重要的消息要对男的说。

女的说：对面的海当主任了。

男的"嗯"了一声，没表现出一点惊讶。

男的熟悉对面的那个海。海是他单位跑推销的，业务不熟，可嘴巴甜，能把死的说活。

见男的对这一重大消息没一点羡慕感，女的就褪了全身的温柔，板了脸，说：就你窝囊，正儿八经的科班出身，整天只知道一本正经地绘图，绘了八年，也没看你绘出个名堂来。

男的是这个单位的业务尖子，单位的产品包装全靠他一人策划。单位的产品也全得益于他的精美包装，才再度成为市场里的抢手货。

女的肚里因为闷着气，锅里炖着的那只鸡也便成了鸡汤。

好好的一只鸡被炖成了鸡汤，女的闹得更一发不可收拾，骂了一整晚的"瞎了眼，嫁了个呆子"。

男的忍了。

连续数月，男的被女的死死地将着这一军。

男的心就软了。

男的终于被逼上梁山。

男的发现，单位的头对他的主动介入非常满意。

往后的跟进介入就用不着女的去逼了。

男的很自觉，像一位夜行者经过一条鬼路后，发现其实并没有鬼就胆壮了似的。

不久，男的真的爬上了一个台阶。还是那个单位的头亲自点将的。

上去了的男的慢慢地就变得像一朵花，招来了无数的蜂。

男的用不了多长时间，就学会了抽烟、喝酒、跳舞、洗桑拿、打高尔夫以及其他被那些头儿们一贯拥有的种种本能。

后来，女的耳朵里就有了谣传：男的在外头有了个女的，那女的至少比自己小一圈半。

女的好不容易等到男的回了一次家。

便问这事。

起初，男的不承认。

问多了，男的就认了。而且表现出不屑一顾。

女的于是拿出前几年逼男的上梁山那股凶劲。

男的毫不在乎。

女的逼急了。男的就放了话：再这么无理取闹，咱俩离婚。

女的哭啼啼地找到男的头儿反映。

那头儿笑了笑，答应帮一帮。

男的于是被调到异地任职。

女的至今还住在那间没有男的的房间。寂寂寞寞。冷冷清清。

后来，女的隔三差五地披了散发，一个人走在大街上。女的一旦遇到年轻女子，总会走上前说：你可千万别让你家男的当官，否则，你就是我！

吓得那些被问的年轻女子一个个拍胸脯。

# 高家庄的最后一次被围

天刚麻麻亮，宫本一郎便带领三十多个日本兵火速赶到高家庄，将小小的高家庄围得水泄不通。

宫本一郎站在高家庄大院中心，双手按着那把闪闪发光的钢刀，然后右手一挥，几十个日本兵如猎狗般倏地钻进村民住房，挨家挨户搜。顿时，高家庄鸡飞狗叫，一片混乱。宫本一郎拍了拍西瓜般的油光脑袋，山羊胡子下面飞出了一阵奸笑。对于高家庄，他是再熟悉不过了，五次进庄抓了三个八路，贡献还是大大的。庄内喊叫混杂，哭闹相伴，像鸡窝里钻进一只老狐狸。听惯了这种凄惨声的宫本一郎会心地点了点他那颗肿瘤头，心想：这回，你八路的难逃！

全庄男女老少在日本兵的刺刀逼迫下一个一个走向大院草坪。大人脸上挂满了仇恨，小孩眼里充满了恐惧，不懂事的婴儿则放肆啼哭，哭得院内十分凄凉。接着就是集合，男人站一边，女人站一边。宫本一郎手执钢刀，围着男人群转了一圈，然后用生硬的中国话吼道："你们的，谁是八路的干活？"人群寂静。宫本一郎再一次吼道："快说，否则，死啦死啦的！"人群又是一片寂静。

宫本一郎朝身边一个穿棉绸留小分头的家伙瞪了一眼。那家伙便向宫本一郎鞠了三个躬，朝人群跨过去两小步，扬起那张尖嘴猴腮的脸，说："乡亲们！不用害怕，不用惊慌！我们是来抓八路的。昨天下午，我亲眼看见一个受伤的八路逃进了高家庄。只要你们把八路交出来，皇军是不会亏待你们的。"人群里开始有人吐痰，有的把牙齿咬得格格响：妈那个巴子，又是这个狗汉奸安德海。人群开始骚动，宫本一郎"砰"地朝天放了一枪，惊得小孩又是一阵哇哇大哭。

　　宫本一郎带着汉奸安德海走到人群，要安德海一个一个辨人。安德海就像一只黑狗，开始对每个男人进行打量。男人群和女人群出现异常骚动，日本兵拼命用枪阻止着人群。"不是。"安德海眯着那对鼠眼仔细端详了一个中年男子说。

　　"也不是。"安德海又端详了一个男人说。

　　村民的几百颗心在怦怦作响，因为安德海离八路李强只有三个人了，人们恨不得把安德海的眼睛剜下来喂狗。可是，安德海已经来到了李强面前。李强威风凛凛，目光炯炯。安德海哇地一声跑到宫本一郎身边。指着李强尖叫："他的，八路！他的，八路！"人群再一次发生骚动，前所未有。有人大骂安德海是狗日的。安德海却笑眯眯地引着宫本一郎来到李强面前。宫本一郎举起钢刀在李强脸上晃了晃，然后将刀尖对准李强的胸膛。李强脸不改色，依然如故。突然，宫本一郎刀尖一转，李强肩膀上的衣布就被划去一块，左肩露出一块染红了血的白纱布。

　　"你的，八路？"宫本一郎凶神恶煞地问。

　　"我的，八路！"李强坚定地回答："你的，小日本的完蛋了！"

　　宫本一郎两眼血红，像头惹怒的公牛，呀地一声尖叫，双手举起钢刀。突然，院外一个日本兵上气不接下气地朝宫本一郎跑来，口里哇啦哇啦地喊着日本话。宫本一郎转过身去，日本兵在他耳边嘀咕了一阵。宫本一郎"咣"地一声丢掉钢刀，双手捧着头，哇哇吼叫起来，撕人心肺。接着，所有的日本兵都放下枪，哇哇直叫，有的摇摇晃晃，有的便在地上打滚，个个像中了邪似的。

　　村民们个个莫名其妙。

　　汉奸安德海顿时也慌了手脚，企图开溜，被宫本一郎一把扯住，啪地就是一耳光。人们更加惊奇了。宫本一郎吼了一声日语，所有的日本兵立刻站了起来，排成三列纵队，个个抱枪盘腿坐地。

　　宫本一郎走到李强面前，说："你的，八路的了不起，我的，皇军的败了，因为中国，有你的，这样的人！"

　　接着，宫本一郎用钢刀指着汉奸安德海，藐视地说："你的，狗东西的干活，不配的生中国，我们大日本不欢迎，你的存在。"说完，宫本一郎扑地跪在八路李强跟前，请求道："让我再杀一个中国人！"人群无语。宫本一郎站起身，举起钢刀。砍向安德海，顷刻，血流如注。

宫本一郎倒退三步，盘腿坐地，脱掉上衣，用衣襟擦干钢刀上的血迹，大呼："天皇！"然后"呀"地一声将刀尖刺进自己的腹部。接着，所有的日本兵都将刺刀刺进自己的腹部，个个痛苦不堪。

这一天，正是日本宣布投降的第二天。

# 官 念

漠滨乡距县城一百八十公里，四面环山，辖四村，是个有名的穷乡。

俗话说，靠山吃山。可是漠滨的山，石多土少，长不出更多养人的东西来。

漠滨的自然环境决定了乡里的书记乡长们换了一届又一届，而且很多都在漠滨乡落了马，但也有个别的，比方说县政协主席董剑锋，他就是在漠滨起家的。

董剑锋在漠滨当了八年书记，最后还是上去了。到后来，这个乡的书记乡长们就换得尤为频繁，长的两年半，短的只有两个月，好的平调走了，一般的则调在他乡任了个副职，差的则丢了乌纱帽，能够进城的更是微乎其微。不过，从换衣般的为官者中，漠滨人领略到了官方语言的威力，同时也亲身体会到了为官者的悲哀。

每换一个书记乡长，漠滨乡就要召开一次声势浩大的三级干部扩大会议。自然，新上任的书记乡长们就要在困难面前为大家找出一条充满希望的脱贫之路。宋书记是董书记之后的第一届书记，他上任时，曾给乡村组的干部们作了一个上午的报告，提出了要办一个采石厂，把漠滨乡的方方岩石变成把把票子，这就使得苦芽村村长老包当场喜死。不过老包还是非死不可，谁叫他是心脏病患者喜不得忧不得呢，这不，一年后，好端端的采石厂不就被那姓宋的一伙吃垮了么。到后来的几任书记乡长中，漠滨人知道了什么是"12345工程"，什么是"3510计划"，什么是"三高四优"活动，什么是"十要十不要"达标等等。

当然，眼花缭乱的官方语言虽没有给漠滨人带来多少实惠，但却让漠滨人学会了怎样去鼓劲怎样去努力。

当上面委派的最后一届书记乡长同时犯错误时，漠滨乡出现了从未有过的凄凉。

就在这时，出了个要官的张冲，也就是苦芽村的新村长张保崽。

上面个个不愿意下来，而这个张保崽又毛遂自荐，县里也就犯了难。最后就推出一项改革措施，一方面将漠滨乡挂靠毗邻乡管辖，一方面给张保崽封了个"合同"乡长。

村人从不叫张保崽为乡长，而叫"张合同"。"张合同"召开的第一个会议就是"挖山动员大会"，"张合同"在会上只说了寥寥几句话：父老乡亲们，漠滨要想富，还是在山，从今天起，统统跟我去挖山！"张合同"要求漠滨乡的每家每户一个月内必须挖出自家的茅草山。挖不完的，罚该户户主在大会上做两个小时的检讨。"张合同"这个罚发言的做法，很能调动乡亲们的积极性。

一年后，漠滨乡的茅草山变成了一片片果苗地。

再后来，这里便是全县有名的猕猴桃基地。

一天，省电视台记者找到"张合同"，录了"张合同"一段采访。里面有一句很轰动的话：当官的，劲要鼓在行动上，千万不要喊在嘴巴里！

凭着"张合同"这一句话，他成了"张正式"。

对此，很多书记乡长们想不通。

# 教授与流氓

大约是晚上九点，教授才结束了那场感人肺腑的演讲。教授依依不舍地夹起公文夹离开了会场，然后回味无穷地走进那条通往家舍的幽暗古道。

教授对今晚的演讲效果很满意，这不仅仅是由于有社会各阶层三千多人到场聆听，还因为他第一次从物质和意识关系的哲学角度，给广大市民阐述了加强社会治安综合治理的重要性和紧迫性，特别是那阵阵掌声，使他感到身为一名哲学教授的崇高和伟大。教授埋着头盛着满脑子的掌声往前走。

"砰！"教授不由得摸着头抬头看个究竟，透过镜片，他看到了眼前站立的是四个留长发的青年，其中一个也摸着头。教授虽然百分之百地知道这是暗光下的一种巧合，但他马上说道："对不起！"

"对不起？就一个对不起了事？"摸头的那个青年反问道。

"老头，今晚你是想物资物资，还是想意思意思？"另一个青年立刻补充着。

"哎呀，我刚才讲了一个半小时的物质和意识，你们不去听，偏偏在这里向我请教。小伙子，回去吧，明晚我在东区礼堂还有一场同样的演讲呢，你们按时去吧。"教授企图撇开他们往前走。

"站住！"有个青年命令着。

教授转过身，不耐烦地说："年轻人，还有啥事？"

"啥事？告诉你吧，你要么物质一下，要么意思一下，否则，咱哥们跟你没完！"又有一个青年在叫。

"这个问题很复杂，首先，要弄清什么叫物质，什么叫意识。"教授双手捧着公文夹解释道。

"少废话，这些我们都懂！"一个青年答道。

"既然这一步你们都懂了，那么你们知道物质和意识哪一个第一，哪一个第二呢？"教授开始发问了。

"当然是意思一下更好，省时又省力。"一个青年马上应道。

"嗨，小伙子，你们都搞哪里去了？意识怎么能第一呢？这是学哲学所要弄懂的关键问题。"教授似乎有点生气。

"老头，什么哲学再学，说明白点，物质一下，就是你给我这位受伤的大哥买点营养品；意思一下呢，就是你补点营养费！"一个青年很严肃地说。

"至少三担水，说白了就是给300块钱！"

"啊！你们是拜金主义者？"教授惊叫道。

"不错，快点！不然就别怪我们几个哥们不客气！"其中一个青年已经亮出白晃晃的刀了。

"你们到底要干什么？"教授可以说是在明知故问。

"给钱哪！"

"给什么钱？"

"你撞痛了我这位兄弟。"

"这难道能怪我吗？这是量变到质变的发展规律。他朝我走过来，我朝他走过去，随着脚步的拉近，也就是量变的慢慢积累，才终于发生了你撞我、我撞你的碰头质变。况且，按物理学作用力与反作用力原理，我撞痛了他，他一定也撞痛了我。"教授像上课一样对他们解释道。

四个青年有点无话可说了。片刻，一个青年说了声"上"，另外两个青年就举刀对准了教授的左右脸。

"从量变到质变，这是事物发展的普遍规律，难道你们还不懂？告诉你们，你们的刀子只要一插进我的脖子，你们就发生了沦为杀人犯的质变。如果把杀人行为再看成一种量变，那么它又会发生其他性质的质变。"教授带着分析的口气阐述道。

"发生什么？"一青年好奇地问。

"第一，你们杀了我，我就是为哲学事业而献身，况且，我还有很多哲学问题要去请教马克思，这是我几年后必定要走的路。晚走不如早走。第二，你们杀了我，你们就成了杀人犯，成了杀人犯，就要判死刑，判了死刑，你们的父母就丧了子，父母丧了子，就会过度悲伤，一悲伤，如果是高血压患者就有可能当场死亡，没有病的也会得心痛，活不长久的。第三，你们年纪还小，最多不过二十五吧？按中国平均死亡年龄七十五计算，还有五十年。俗话说，一寸光阴一寸金。你们想想，一年值多少光阴？一寸金又值多少人民币？那么五十年共计多少人民币？只要你们杀了我，就成了杀人犯，就成了死刑犯，也就是说，这五十年所折合的人民币将离你们而去。第四……"教授仍在忘情地伴随着忽高忽低的手势作演讲般的论述。

显然，教授已完全沉浸在他的演讲意境中。

十分钟后，教授才发现四周空无一人。顿时，教授的心凉了大半截。教授破天荒地骂出心中沉积已久的不文明的语言："狗娘养的，这种哲学性分析都不愿听，真没出息！"

# 官　疯

　　一阵凉风吹过，关副厂长的酒意清醒了几分。关副厂长仿佛觉得，这阵风比酒楼小姐的嘴还要细腻，舔在毛茸茸的大腿上，出奇地爽。

　　哼，今晚总算可以睡个安稳觉了。关副厂长边走边云里雾里地想。

　　其实，关副厂长想到的，大家都想到了。前段日子，即使在深夜两点，厂门口的梧桐树下都还是聚满着厂里的老老少少，他们一边摇着扇子，一边骂这个屁股上时刻都在流汗的该死天气。当然，他们偶然也骂不争气的厂，减了奖金拖工资，然后又扬言要大家下岗。今晚却出奇地静，那帮老老少少们早已进了梦乡。厂门口只坐着老鄢一个人，搭了眼皮在藤椅上流口水。厂里的机器声也早已窒息了。宿舍楼里有几户仍还亮着灯，远远地传送着麻将牌的碰击声。关副厂长晕晕乎乎地在楼层过道里打圈圈，似乎有点醉，但关副厂长高兴，这个时候醉上一把，睡得稳。

　　房间里静悄悄的。关副厂长以为老婆正在床上等他回来。拉亮灯一看，床上空空的。心情特好的关副厂长有点想不通。有点想不通的关副厂长心里就有了些埋怨情绪。这种埋怨情绪立刻又变成一种报复，而这种报复的具体行动，则是关副厂长脚也不洗就上了床。

　　本来是睡觉的好时光，关副厂长却怎么也睡不着。关副厂长在心里诅咒这个把麻将当饭吃的黄脸婆。关副厂长在心里骂了许多不该骂的话，甚至他还想到了和这个黄脸婆离婚。关副厂长心里正憧憬着自己离婚后和厂里的丁会计结婚的幸福场面。楼梯间响起了高跟鞋的踩击声。关副厂长还没来得及转喜为怒，那个黄脸婆就出现在他面前，朝他训着：六月天，脚也不洗，你是不是发神经了呀？关副厂长在黄脸婆的呀声中，努力寻找十分钟前的那股愤怒情绪。关副厂长说：你还训我？你看现在都几点了，还在外面野！关副厂长的那个"野"字犹如一滴水掉进了油锅，激起黄脸婆百般怨忿。黄脸婆顿时变得像一只老虎，扑在床上，两脚一蹬，关副厂长就被胡乱地给蹬下了床。黄脸婆的眼泪伴随着骂声在辛勤地流着。黄脸婆哭丧着脸说：你这个王八龟子关平，我嫁给你，算是倒了八辈子霉，现在全厂上下都在议论你和丁会计的事，你还当我不知道？你睁开眼睛看看，那几个副厂长的老婆，哪个不穿金戴银？可是我得了你什么？我只有靠打牌……

本想借着酒劲壮壮胆的关副厂长，拳头也慢慢地松了开来。

当仓库里的产品一天天积压起来时，关副厂长就想到了下岗减员。虽然关副厂长自己也弄不明白为什么要下岗减员，但到处都流行着下岗减员，作为管人事的关副厂长，也就只得这么学、这么干了。

下岗减员的公告一贴出，厂里就闹得沸沸扬扬。虽然只有十个下岗名额。

到底谁下岗，大家都在猜测，都在担心。紧接着，大家都在跑关系，大家都在找门当。

几乎每天晚上，关副厂长家里都像是在赶集似的。黄脸婆也不去打麻将了，她要留下来给那些前来朝拜者倒开水，偶尔也削几个苹果，都是来访者手里带来的。关副厂长和黄脸婆在一片忙碌中变得幸福和睦起来。当黄脸婆将来访者手里提的名烟贵酒一批批变现时，黄脸婆就异常乖巧地坐在关副厂长毛茸茸的大腿上说：这比我几个月的麻将钱还来得快！早知道这样，为什么不早使出来？

关副厂长说，没办法呀，采购、销售、财务等方面的事，我插不上手，管人事的就只有在人的问题上做文章了。

黄脸婆外出打麻将的时候，也是十名下岗人员公布的时候。

差不多是一个月后的夜晚，黄脸婆又出现在麻将桌上，手气也格外地顺。黄脸婆的手气顺了不到十天，厂里又贴出了招工公告。说是因工作需要，厂里决定招两名车间工。

这就决定了黄脸婆暂时不能出去打麻将了。

关副厂长家里又热闹起来。黄脸婆照例是为朝拜者倒茶水，偶尔还会削几个苹果。

两名车间工选定后不久，厂里又贴出了关于下岗二十人的公告。

全厂二百多人，个个心里都冒汗。

汗冒不到半个月，好消息又出来了：经厂领导研究决定，准备招挡车工八人。

一个月过去了，只有三个人报名。

等那三个人准备上班时，丁会计就调走了。紧接着，银行就不给贷款了。再下来，银行就扬言要把厂里的房屋抵贷款。据说，把厂里的全部流动资金用于还贷款，还差银行贷款800多万元。

慢慢地，许多原本在那里上班的人，一个个不知了去向。当然，这些人的悄然离走，绝不是关副厂长用公告形式下岗的。

哎，这到底怎么回事呢？关副厂长在厂里走来走去，总是这么想。

# 1988 年的爱情

那年，我们单位斜对面二百米处有一个单车修理铺，很多单车都在修理铺门口游来游去。

坐在办公室里，我常常看见修理铺那个上了年纪的老头，胸前挂着浅白浅白的围布，将一辆辆单车倒放在地，手里的家伙不停地转动着。老人身后也常常有个走路摇摇晃晃的小男孩在那里抓来抓去，把单车的两个轮子弄得直打转儿。这样的场面，我不止一次看到。

有一天，老人身边又多了一个女孩。那女孩身材很美，留一头披肩发，穿了身带条纹的西服，脖子外面翻露着一件浅黄色的衬衣，很是动人。女孩腼腼腆腆和老人说着话，还不时逗着老人身后的那个小玩童。一切都显得那么亲切、可爱。

后来，每隔二三天，我就可以看到那动人的一幕。

对于那女孩的名字和工作单位，我不在乎，我在乎的是能够见到她。

女孩似乎满足着我的要求。

在后来的时间里，我天天都能看到那个漂亮女孩在老人店门口开心地说话，亲切地逗那个小玩童玩耍。在青春萌动的季节，碰上这种场面，我就有点控制不住自己的行动。我的做法非常可笑，完全是爱屋及乌。我想，我只要在下班后准时跑到那个修理铺去，我就一定会碰见那个梦中女孩。一定。

就这样，我第一次去了那个老人的店铺。

老人对于我的到来，表现出十分惊奇。他张着那口黑牙对我说：有事吗？我说：没事。老人又说：你喜欢看我修车？我说：是的，不止喜欢，非常喜欢。老人就摸出一张黑乎乎的凳子要我坐。我说：不了，我喜欢这么站着看你修车。我说这话时，眼睛在拼命搜寻那个刚会走路的小男孩。可他没来。不多久，我的等待就有了结果。那个漂亮的陌生女孩终于出现了。她就站在我身边。她对老人说：大伯，还在忙呀！女孩的声音很甜。我觉得我嘴里好像有一块糖在溶化。真的。我小心地瞄了那女孩一眼。真漂亮！我敢发誓，我从来没有见过这么好看的女孩，脸蛋和嘴唇微微的红，还是那件熟悉的浅黄色翻领衣，黑发亮展展地披在她肩上，眼睛黑得透明。我在心里感谢这个破烂城市，它至少隐藏着这样一个动人的女孩！

我沉浸在想入非非之中。连女孩什么时候离开的，我都不得而知。总之，我没有白来。

我的做法总是落入旧套。

第二天，我如期而至。她来了，还逗了逗那个小玩童。

第三天，我如期而至。她没来。

第四天，我同样如期而至。她来了，还抱了抱那个小玩童。

第五天，我照样如期而至。她没来。

第六天，我买了一大把糖，抱着那个小玩童玩耍。可她没来。

第七天，我又买了一大把糖，还给修车老人敬了支烟，然后早早地抱着那个小玩童，一边玩一边与老人亲切交谈。这时，她来了。她对着我笑了笑。走了。

我企图放下那个小玩童，尾随女孩而去，但那个小玩童却紧紧抓着我的衣襟，像一只蚂蟥，放下去，就哇哇大哭。老人见我这般模样，就喊：贵秀，贵秀，你的孩子。这时，一个头发零乱、满脸伤疤的女人抖着身子过来了，她翻着那张油渍渍的嘴对我笑，根本不当回事，俨如我就是孩子他爹。当我好不容易把那个脏不拉几的孩子交给她时，我的裤裆口摊着一大块黄澄澄的东西……我本想问一问老人那个女孩是谁。可我没问。我只是不停地说：哎呀，这孩子，这孩子！

也许，那个漂亮女孩是谁，他们也不知道。

真的！

# 妻子不在家的夜晚

下班的铃声刚刚响过五分钟，高先生就准时回家了。高先生稔熟地从腰间掏出钥匙串，准确地抓住了那片房门钥匙，系钥匙的绳连着高先生的裤带，高先生就踮起脚，将它插入门锁，左转半圈，咔嚓，一道暗锁条缩了回去。再转半圈，咔，又是一道，再转半圈，门就开了。

高先生踩瓦泥般地用一只脚的鞋尖踩着另一只脚的鞋跟，然后两脚互换，重复这个动作，不用解鞋带，皮鞋便脱掉了。

房间里充满着一股很浓的人体味。高先生早晨起床时的被窝还窝在床上。妻子带着孩子上山东老家探亲去了，高先生才敢这般放肆。

高先生根本不想做饭。他只需要拨通盒饭店的电话号码。

早早地吃了晚饭的高先生觉得很自在，干脆脱了外衣外裤躺在客厅的地板上斜着眼看电视，当然，高先生是绝不会连自己的内裤也脱掉的。高先生一边用手当梳子梳着他那丰茂的胸毛，一边欣赏着电视里丰乳罩的广告。高先生觉得广告真是无聊加恶心，于是仰泳一般将整个身体移向电视柜前，右脚高射炮一样慢慢地指向电视机的频道按钮。大脚拇趾从上到下然后又从下到上按了个来回。高先生最后还是锁定了刚才那个频道，他记得就是这个频道在放《趟过男人河的女人》，他决心等下去，尽管电视画面上那个小姐的乳房还在反反复复地膨胀。

高先生忽然想起有必要去冲个澡。妻子走了几天，他就有几天没洗澡了。于是，高先生冲进卫生间，打开水龙头，一束清凉的水线扎在高先生黝黑的肌体上，高先生嘴里发出忘情的呼喊，唔，唔——一会儿，高先生全身冒出了香皂泡，他的手在背上脚上腋窝里抓个不停，这是高先生洗澡时惯用的手法。这道工序完成后，他准备再拧开水龙头，将全身的泡沫冲洗干净。可是，水龙头在嚯嚯地唱歌，根本就没有水流出来。满身白泡的高先生开始还希望稍等片刻水就会流出。这时，客厅里传出了那首动人的歌，《趟过男人河的女人》开始了。

高先生今晚这个澡只能干洗了。他先用洗脸帕将全身的泡沫抹掉，然后又用老婆的干毛巾把身上擦得通红。高先生骂着脏话弓着裸露的身躯像老鼠一样钻进客厅，因为对面楼房可以通过窗户看清高家的客厅，高先生没有拿更换的短裤进入卫生间，他只能在自家屋里躲躲藏藏。

高先生没了心思看《趟过男人河的女人》。他一边咒骂自来水公司那帮鸟人，一边埋怨自己为什么要想到洗澡。难道电视剧放完以后就不能洗吗？不洗澡又有什么不好呢？这几天不洗澡不是同样也过来了吗？高先生已经想得很多了。

高先生这一晚失眠了。起初他并不在意，但当时针滴答滴答跨过两点时，高先生就急了。异常急躁更睡不着，他在黑暗中始终保持着清醒的头脑。高先生终于想到了上次出差买给老婆的那串佛珠，就翻箱倒柜找那佛珠。找到佛珠已是凌晨三点了。高先生将佛珠挂在自己的脖子上，闭上眼一颗一颗地数……

高先生是在一阵急促的敲门声中惊醒的。是楼下王山的娘在喊：你家发大水了，把我的屋子淹了。

此时，已是上午十点半，也就是说，高先生已经足足迟到了两个半小时，他会被罚几10块钱。他赶紧拧上水龙头，拢了衣裤，两只脚往泡在水里的臭皮鞋里一钻，砰地一声关上房门，扑通扑通下楼上班去了。

# 提 防

男人要出一趟远差。

临走前，男人反复叮嘱女人：冬天来了，要特别注意电气水。

说起电气，女人心有余悸。前年的这个时候，女人的父亲死于电火。父亲还不到七十岁，身体可以再挺十年，却被她送的那床电热毯活活烧死了，父亲死的样子十分可怕，像一具木炭。为此，女人还把自家的电热毯给烧了。她不想重蹈父亲的旧辙。去年的这个时候，女人那个宝贝侄儿，在弟弟和弟媳双双外出洗头的半个小时里，赤裸裸地死在浴室里。侄儿正在读初中，长得很让人羡慕，说没就没了。

男人和女人有个女儿，在外读大学。男人一出差，家里就只有女人。男人的话，让女人陷入了极度恐惧之中。男人走的头两天，女人不敢烤电火，不敢动用家里的液化气，一日三餐吃在外面，连洗澡也跑到单位的洗澡室去。下了班，女人就钻进了被窝，连电视也不看。

女人的单位女多男少。后来的几天，女人就天天听到女同事们在议论正在热播的那部电视剧。女人是个电视迷。同事问她哪个演员演得最好，女人唯唯诺诺。

女人真受不了离开电气水的日子。

这天，女人什么也不顾了。她到超市买了一大袋子菜，回到家，忙碌了一阵，就摆上了自己喜欢吃的菜肴。然后，女人美美地洗了个澡，又开启了洗衣机和电视机，一个人坐在沙发上，一边烤电炉，一边用遥控器搜索着同事们议论的那部电视剧。

这一晚，女人过得非常轻松，有一种久违的感觉。

第二天，女人正在办公室拖地板。突然，她想起了自家的热水器。女人丢下拖把，呼噜呼噜下楼了。女人下楼时，碰到前来上班的同事罗。罗说，这么急，要去哪？女人只顾自己啪哒啪哒下楼，好久才撂出一句话：忘了关家里的液化气。

女人一边开门，一边用手捏着鼻子，她甚至在提醒自己，千万别开灯！打开房门，女人直奔洗澡室，女人使劲地拧了几圈液化气的闸门。女人接着又去了厨房，她在厨房那个液化气的闸门上拧了拧。随后，女人又分别检查了客厅和卧室所有的电源开关。

下午上班不到五分钟，女人又想起了自家的电炉开关好像没关紧。同事刘正打电话给女人，女人在电话里说，刘妹妹呀，我现在有点急事，过半个小时再打给我好吗？同事刘说的是工作上一件需要马上处理的事，同事刘有点不放过她。同事刘说，还有什么事比这更急的呢？女人只说了句"我家的电炉没关"，就挂了电话。

女人风尘仆仆冲进房间，迅速将压在电炉上的被子掀开，还好，没有起火。女人把电炉开关往右拧到头，只听"嘀"的一声，炉火红艳，女人又把开关往左拧到头，又是"嘀"的一声，这下关死了。女人再一次检查家里所有的电气水，才快快回了单位。

女人下班通常是在 17 点 20 分，单位离女人的住所只有三站路远，十分钟足可以到家。离下班还有一个多小时，女人就匆忙出门了，她甚至连自己的坤包都忘了带上。同事王见了，问，这么急，又有什么事？女人抓起坤包边跑边说，液化气好像关反了。

在接下来的几天里，女人差不多每天都要往家里跑两三次。每次回来，似乎都有收获。

几天下来，同事们的神经也绷紧了许多。先是同事王记起了自家的电火炉好像没关，后是同事罗想起了自家的液化气没关……单位里的同事对于电气水的提防越来越重，直到后来，男同事也警觉起来，不是自己往家赶，就是打电话通知老婆和孩子，要他们赶回家检查一下电气水。

单位大门口，越来越多的同事在那里出出进进，他们都在气喘吁吁地往家里跑。电气水让他们个个变得牵肠挂肚。

男人出差回来那天，女人告诉男人一件可怕的事：女人的单位发生了火灾，两层楼的办公设施全被烧毁，若不是毗邻单位一个员工半夜起床发现异常，报了警，真不知道单位会烧成什么样子。

男人问，是谁弄的火？女人说，不知道，单位正在查，反正是电炉起的火，有人忘了关电炉。

男人哼了一声，说，我早就说过，冬天来了，要特别注意电气水。男人又说，还好，不是咱家，不是咱家。

# 夜雨蒙蒙

热浪已经把人逼到了一丝不挂的绝境。窗外的水果湖到处都翻着水花，垂杨下站满了人，大人小孩都在这里逃避着夏的火热。施伟良将鼻子紧贴在窗玻上，然后搓了搓眼，伸出一个懒腰，继而又回到他的办公电脑前，继续等待那个陌生女孩的出现。

施伟良与陌生女孩已经用文字交谈了一个多月。施伟良在倾吐自己全部心事的同时，也得知这个陌生女孩叫"张芳"，就在这座城市的某个角落。施伟良聊到男女问题上就不自觉地暴露出自己的底细，他结了婚，就在五个月前的一个晴朗日子，他与他心爱的人结了婚。施伟良的表白马上转为他合理的解释，愤恨和痛苦的情绪不断加剧，心情坏到了极点，冷静的成分也就来了，进而，施伟良大胆地表露出对这位陌生女孩的羡慕与渴求。陌生女孩像一只不合群的小羊羔，始终对施伟良若即若离，施伟良的善心被她扯成一句句体面而又无懈可击的金玉良言，让施伟良去琢磨，去领悟。施伟良像一条饥饿已久的鱼，围着女孩的诱饵游来游去。女孩劝导着施伟良回家与妻子好好谈谈，哪怕一句话，一分钟。有什么好谈的呢？在朋友明亮的眼睛前面，自己的妻子被一个陌生男人半抱在同一把雨伞下，还感恩戴德地谢着那个男人，这哪像是个妻子，分明就是别人的情妇！施伟良一直等待着妻子的合理解释。妻子却不当回事。施伟良每每拐弯抹角问及此事，妻子总是抿嘴一笑。这让施伟良百般恼怒。施伟良就这样将自己婚后的金贵时间耗在了办公室，回家的时间越来越晚，回家的次数也越来越少，甚至干脆在单位招待所里开了一间房。妻子的每一个电话每一个传呼，都成了对施伟良的无限嘲笑。就这样，施伟良又重新回到了他婚前的爱好之中：上网聊天。

这一次，那个叫张芳的陌生女孩终于答应与他见面了。

地点就在水果湖。

急不可待的施伟良在茶水和烟叶的灌熏下，终于等到了那个心动时刻。施伟良跑到招待所房间里，用那把吉列剃须刀在自己粗黑的脸上猛刮一阵，然后涂上一把清香的面油，再挤出一朵棉花状的摩丝往头上抹，飞舞的梳子马上整理出一个经理头来。短衫是蓝色的，领带是淡红色的。结婚半年之久的施伟良，分居一月有余的施伟良，一身帅气的施伟良，就这样大大方方出门了。

夏日的天气就像情人的脸，说变就变。施伟良已经感受到这一切，他不得不转过身来，回到他的房间，取那把黑格子雨伞。

急来的夜雨，驱赶着华灯下的行人。施伟良倒觉得这场雨下得非常及时。至少，它可以驱散许多无聊的目光。施伟良撑着雨伞往水果湖方向走。片刻，身后传来一声柔情的呼唤。施伟良转过头，一个面目清秀长发披肩的年轻女子搂着身，在一家商店的橱窗边望着他。她脸上的微笑告诉施伟良，她需要他的关照。施伟良对她点了下头，将雨伞撑到长发女子的头顶。一帘雨水挂在夜空，地面上绽放出无数朵水花。施伟良说，小姐，去哪？

长发女子用手将眼前的一绺长发往后撩了一下，说，到西岭。西岭离水果湖几步之遥，施伟良就有了耐心，何况，这女子长得也不错。

长发女子说：先生，可不可以靠紧我，我怕着凉。

这是网络世界里永远不可能出现的事。施伟良求之不得。施伟良左手撑着伞，右手抱着女人的肩，漫行在夜雨之中。

西岭在施伟良的挽扶中进入眼睑。长发女子深情地望了望施伟良，说：谢谢你，先生，我代表肚里的孩子谢谢你。

西岭那边站着几个男人。其中一个男人奔过来，将长发女子揽入伞中。

后来的施伟良赶到水果湖，自然就见不到那位叫张芳的陌生女孩。

几天后，施伟良再次走进聊天室，终于找到了那位失约的张芳。

张芳向他诉说着几天前发生在施伟良身上的同样的故事。

张芳说，我男人为了这事，天天追问我，那天为我撑伞的男人到底是谁。我怎么知道呢？那样的雨天，我什么都不顾，我只顾着我肚里的宝贝！

　　施伟良礼貌地打出了"886"，关了电脑，冒着一场欢快的夜雨，飞奔在回家的路上。

# 歌　者

　　华光针织厂是县委领导经常作指示的地方。

　　然而，市场不理睬众多领导对华光的种种指示。

　　当那些曾是华光常客的领导们唤也唤不来的时候，华光就不行了。先是织布车间的机器停止了运转，再就是大面积停产，像瘟疫般侵袭着华光这个庞大的机体。

　　机器不转，五百多人的华光就充满了人的吼声。于是乎，昔日那机器轰鸣的华光就有点像一个大型菜市场，吵闹声此起彼伏。

　　没有人能平息这杂乱无章的议论声。

　　每天，华光的青年男女总要汇聚到厂长副厂长们的房子外面要求上班。这虽然是个不算苛刻的理由，但厂长副厂长们却不敢出来做更多的解释。因为银行不给贷款就没有流动资金，没有流动资金就无法购买原材料，再要求上班也是一场空事。据说，银行也变得铁面无情了，上个月，银行来人要破产华光，这不是雪上加霜么？好在政府有个最低生活保障，华光的职工就不敢撬华光的机器。

　　华光人在愤怒中纷纷走向市场。有卖衣服的，有贩菜卖的，也有推板车的，但更多的是做了"三陪"，华光的年轻女子多，很多人不愿意丢下脸面做那些被人瞧不起的不赚钱的活。街上于是就流行了"要三陪、找华光"的说法。

　　华光的诸多年轻人倒是活得出了名的潇洒，可华光的老人们则没那个福份。他们在骂声中等待属于他们艰难糊口的微薄的退休金。每当上上个月的退休金这个月还没影时，华光的老人们便聚在厂长副厂长们的房子外朝天大骂。骂上一两天，下了岗的老出纳便会被厂长招去，然后喜滋滋地在厂长房子外面喊：发 X 月份的退休金了！

老出纳的声音变得荡气回肠，因为他站的地方是华光的最高处。那里柏树交织，清静幽雅，华光的头儿们就是在这里日夜决策着华光的命运。

倒是老出纳荡气回肠的声音让许多爱好京剧的老人们惊喜不已。他们仿佛又回到了《沙家浜》那个人人唱京剧的时代。好在京剧再度热门，他们渴望着过把瘾就死。

于是，萧条冷落的华光每天早晨便诞生出啊啊啊的京剧清唱声。

有唱《红灯记》的，有唱《沙家浜》的，有唱《奇袭白虎团》的。唱得最多的要数《智取威虎山》：今日痛饮庆功酒，壮志未酬誓不休……

《智取威虎山》要数厂里的老劳模王青海唱得最为动听。你听他唱"壮志未酬誓不休"，"壮志"二字唱得就好像农民犁田时犁头翻出的泥一样圆滑自然，而"未"字唱得更是有功力，音调拉得很长，有点像潘冬子砍胡汉三时扬刀那镜头，慢慢地将雪亮的柴刀举起，而那个"休"字则唱得像槌棒落在锣上，显得格外干脆。王劳模那神色更是让人热血沸腾。只见他左手捏拳曲在腰间，右手出掌舞在空中，头额上的血管唱得一鼓一鼓的，像是爬了许多条蚯蚓，他那本来就光了毛的脑袋在树枝叶泄露下来的束束阳光照耀下左摇右摆，显得格外亮堂。

声音是无法拒绝的。有耳朵就会有声音。厂长们的耳朵已被这群"穷快活"严重干扰了，以致于他们听不清有关上海和深圳股市的种种点评，听不清电话中的拜访者几点几分前来光临，听不清客人邀他们上哪儿吃喝玩乐。

然而，歌唱是自由的，何况还是热门曲。华光的厂长副厂长们总不能在拖发退休老工人退休金的情况下不允许他们爱好京剧学习京剧。因此，华光的厂长们也就只有忍了，就像五百多职工忍着暴脾气等候上班等候薪水一样。

终于有一天，华光的一把手房门前来了伙搬家的。但京剧清唱并没有因为搬家而中断。一把手的大屏幕彩电于是在"打虎上山"的片断中被抬上了汽车。面对一把手的离去，"穷快活"们也没有袖手旁观，他们主动钻进一把手的豪华卧室。王青海捧着一把手家的微波炉唱道：啊——这是什——么！逗得在场的忙碌者一片欢笑。厂长的老婆可没那么开心，她在心里恶毒地骂：老不死的，天天在这里喊冤，害得外面那些人不敢进来。

不久，以王青海为代表的老工人将华光一把手的家产给捅了出去，说厂长家有茅台二十瓶、五粮液三箱，云烟二十九条，**VCD** 四台……

自然，搬出去的厂长也就进不了他的新房。

如今，华光厂里的京剧清唱唱得更是有板有眼，荡气回肠。

厂外很多老人都喜欢去华光看清唱。

华光的几个副厂长个个像缩头乌龟，终日不见出门。

有人说：厂长们可能是在打麻将。

# 死　因

### 一、关局长家的保姆周玉秀说

是呀，我是关局长家的保姆。问我什么时候来的？去年十二月初八，不对，现在应该说是前年了。关局长这人可好了，我来那个月，他给了我两个月的工钱。不要谈这个，那谈什么？表现异常？让我想想。关局长年前一个月就有点不对头了，他早早起床，早餐也不吃，拎着包就去上班，打了一转又回来了。回到家后，就一个人伏在窗口看楼下马路上的车。后来，他就要我向他汇报工作，我说，做完早餐搞卫生，搞完卫生就洗衣，洗完衣服去买菜，然后回来做午餐。他起初表示满意。再后来，他就跟我说起保姆工作的意义和作用以及做好保姆工作的意见和安排，谈了差不多一个上午，说了二十多点，有的点上分点，大点上带小点，小点上再分层，害得我那天卫生也没搞。过年那几天就更怪了，他在门口摆了张椅子，一天到晚坐在那里。只要门外有响动，就去开门。好笑的是，隔壁来了个送水的在敲门，他把那个给别人送水的引了进来，让我去给他泡茶，送水的喝了茶，笑眯眯地扛着空水桶走了。送水的刚走，关局长问我这人提了什么东西进来，我说，搞错了，他是给别人家送水来的。关局长听后，大笑了三声，就被他姜婶拉到房里去了。从那回起，我就怀疑关局长得了什么病。

### 二、关局长的老婆姜雅琼说

我家老关出了这种事，局里应该有责任。我家老关没得到退休消息之前，生活很有规律，很紧凑，也很像个男人。他总是早出晚归，有时虽然醉得一塌糊涂，可他高兴，心里有我。局里让他退休，让他享享自由自在的福，可我家老关没这个福气，仍旧没日没夜牵挂局里的工作，常常茶饭不思。他召集我和保姆开了多少次会，我已经记不清了。我家老关为了局里的工作，真把自己搞糊涂了。他不允许我叫他老关，要我和保姆一定得叫他关局长。更可怕的是，我家老关为了局里的工作，已经把身体弄垮了，退下来之后，这种病就暴露出来了，他对夫妻之间的事完全没了感应，我再怎么主动，他都像个冷血动物似的。要知道，我也是个女人呀，我比我家老关小二十岁。谈些别的？难道这就不重要吗？你们想知道什么？我说！某个细节？我家老关没什么细节。局里宣布他退休后，他咬着牙逼自己坐在房里，可他仍不忘学习，他没日没夜地写，写得最多的是他那个"上"字。他叫关上，这你们知道。我问他为什么只写名不写姓，他像没听见似的。问烦了，他就说出一大串：上班、上级、上层、上劲、上流、上马、上瘾、上钩、上当。谁知道这个死鬼最后的死也和这个"上"字有关，他选择了上吊！这个死鬼，正月初五就走人了，局里还在放假，这让我如何是好！我姜雅琼这辈子到底造了什么孽哟！

### 三、关局长的红人王少东说

我是谁提拔的？这也没什么见不得人的。我承认，我是关局长一手从基层提拔上来的，可我在基层工作了六年，我没给他行过什么贿。要我说说关局长死前与我的交往？行！我说。关局长在得到退休通知前到他昨晚死为止，我们一共联系过三次。第一次是在瓦岗饭庄，他打电话要我过去，当时我正在开会。去的时候，你们公安局的老王和绿源公司的张老板也在那儿，还有关局长家原来的那个小保姆孙红梅。那次，我们没谈什么，吃得很开心。喝酒的时候，关局长说年轻是个宝，还要大家务必保持三十岁的心脏和二十岁的干劲，说得孙红梅给他夹了一块肥肉堵住了嘴。第二次是局里宣布他退休的第三天，也是他主动和我联系的。他说他在梅岭宾馆。就他一个人，我们喝了一瓶白酒。也没说什么，他只是要我多提防身边的人。第三次是我主动约他出来的。我们俩在蒙娜洗脚城洗了个脚。我只想告诉他，不管他在位不在位，我一直都是他的部下。本来还想请他做个按摩，他不肯，执意要回去。想不到，他把自己肚里的心事带给了那棵老梧桐树，连我这个老部下也不肯说。

### 四、关局长原来的司机刘高桥说

叫我小刘吧。我原来是为关局长开车的，现在为局里开金杯车。关局长是个好人，性格也相当乐观。给他开车时，他最喜欢听叶倩文的歌。他唱《真心真意过一生》特别到位。要我谈谈他退下来之后？他退下来后，我就换开单位的金杯车了。也没和他联系过。对了，农历十二月二十七，我送单位的小刘回家过年，回来的路上，我在好多乐超市门口看到他。我将车开到他身边，问他需不需要坐车。他鼓着眼看着我，像是不认识我似的。我说，关局长，我是小刘呀。关局长很冷淡，问我到哪里。我说刚送完局里回老家过年的。他又问，都走了吗？我说，明天还有一批人要走。他既不坐我的车，也不和我打招呼，手捏一支新毛笔默无声息地走了。我还以为他要回家赶写对联呢！以前的他？以前的他可不是这样，他喜欢呵呵大笑，笑的时候，眼睛总是眯成一团。我真怀疑那天我遇到了他的魂！

### 五、关局长宿舍大院的门卫罗大亮说

关局长这个人，从他退下来那天起，我就觉得有点不对劲了。我虽是个乡下人，没多少文化，可院子里的小孩都尊敬我，唯独他两眼不看人。他以前可不是这样的。这个月他出去得不多。临死前两天，他走动得很频繁，常常很晚才回，还带了股冷风，风呼呼地叫。昨晚，我听到铁门外是他在喊门。出来开门时，却什么也没看到。谁知道，他是来收脚魂的。哎！有什么想不通的呢，难道不当官就真的要死人吗？

# 1982 年的校园生活

那天突然落起了雨，但一点也不影响我们的心情。星期六对我们这些长期寄宿的农村学生来说，永远都是受欢迎的。

上午第四节课一结束，我们就会争先恐后冲出教室，扑咚扑咚下楼，然后顺着那条土多石少的校园小道涌向寝室，呼啦啦地取碗，转身朝食堂方向跑。那个年代，我们好像都没吃饱，学校住宿的人多，谁跑在前面，谁就可以早点填肚子。我已经说了，那天落着小雨，下课后，我们像一群鸭子拼命往外涌。也该是他谢冬生出丑的时候，路那么滑，他又是那么瘦，而且是手舞足蹈往前奔，以致来了个四脚朝天，爬起来时，满身是泥。对于这种事，大家习以为常，都在笑声中继续奔跑，有点像军号已吹响的战场。

倏地，食堂外面排起了长队。队伍的尾巴已经延伸在了露天场。

谢冬生的那一跤让我有点胆战心惊，这一次，我落伍了。没有伞的自然就不大愿意冒雨站在队伍的尾巴上。我只好抱着空碗躲在墙角边。我和站在队伍前面的几个同学打了招呼，要求他们默认我就是他们身后的排队人，可是，他们都表示很为难，主要是他们后面的排队人不答应。因此，我只好抱着空碗守在墙角边看天行事。只要雨落得小一点，我就会站在队伍的尾巴上去。我用一种无奈的目光打量着那面被无数人用身体磨光的墙面，这时，我发现墙面有一道缝，里面躺着一张蓝色饭票。要知道，学校的蓝色饭票一律都是一斤！我的心格噔了一下，兴奋就像虫子一样爬了上来。通常情况下，我每餐的饭量都是控制在四两米以下，家庭状况不允许我敞开肚皮。再说，那时候的半斤米在大师傅固定的钵子里摆弄几下，到我们碗里也就那么多，有时比四两米还少。我不知道，我们的队伍中有多少人与那个盛米饭的肥胖女人有过节，全是因为盛饭时她手抖动得太厉害。

我有点担心我身边的那几个也会把无奈的目光投向这道墙缝，那样的话，事情就不好办了。我很自然地用身体贴住那面墙。队伍像一条虫在扭动。身边走了几个排队的，但马上又来了几个怕雨淋的。我发现与我一块冲向食堂的都已经端着碗离开了，可我还是不觉得遗憾。我脑子里是这样安排的：今天是星期六，晚上不自习，明天还可以睡懒觉，那么，今天晚上就该好好庆祝庆祝，吃它一斤米饭！剩下的，明天再享受一顿。对于捡来的一斤米饭，我相信，每个人都会这样善待自己。

我是在很多人洗碗的时候才从食堂端饭上来的。当然，那张躺在墙隙里的蓝色饭票，我没机会下手。不过，下手只是迟早的事。

下午的课，我基本上没听进去。我一直挂念着那张蓝色饭票。机会终于来了，第二节课，老师只讲了二十来分钟，就给我们布置了作业。真希望老师有点事，那样的话，我就可以行动了。就是那么灵验！老师真的不见了。我再一次望了望教室，个个都在埋头做作业。

我的步子很轻，很快就下了楼。我听到其他教室里老师掷地有声的讲课声。食堂的门紧闭着。饭票还在那堵墙里。我必须尽快把它掏出来，不然，就麻烦了。也不知是哪个背时的无聊者把这张饭票塞得那么深，可能他也是在这里掏了很久才最终放弃的。

我的天呀，真的是一斤米的饭票！

这个周末，我过得很丰盛：两个饭，两个菜。同寝室的谢冬生似乎有点不服气，他对我说，这么大的个子，只能吃一斤呀？我瞥了这个长得精瘦如柴的家伙一眼，说，你吃得下吗？谢冬生就说他某某时候吃过一斤半。那时，我已经吃下了一碗半，觉得有点难以对付。被谢冬生这么一说，我很没胃口。我说，你只要能吃一斤四两就算你狠！顿时，寝室里很多人就搭起话来，包括我们班长。他们都建议我和谢冬生赌一把。规则是：再给谢冬生买一斤米的饭和一个主菜（谢冬生已经吃了四两饭），如果他能吃下，就算我请客；如果谢冬生吃不完，就赔我一斤半饭票。

寝室里的人已经分成了两派，一派是帮谢冬生说话，一派是帮我说话。两派的意见说白了，就是要我和谢冬生赌一赌。反正一斤饭票是捡来的，充其量就是赔个主菜钱！我在心里盘算着。我决定豁出去了。

那一晚，很多人没去教室自习，都围在寝室里看谢冬生吃我的赌饭。

那个狗日的谢冬生果真有一把，他吞下了我买给他的一斤米饭。我觉得自己有点亏，躺在床上不大说话。没多久，谢冬生就来事了，他躺在床上说肚子胀得难受。有人建议送他去医院，但马上就被否决了，大家都怕老师知道这事。最后，也不知是谁出的主意，建议用水冲洗谢冬生的肚子，说是水能帮助消化。谢冬生已经连走路都困难了，他被我们抬到寝室外面的水龙头边。我们用水冲洗他的肚子，还有人帮他按摩肚皮。就这样折腾了一个多小时，谢冬生才感觉好些。

那一晚，我基本上没睡着。

# 诈骗一种

单位修了一栋新楼，因此就空出一栋旧楼。

新楼里住进了单位的官，旧楼里搬进了单位的兵。

瞿常是个兵。瞿常住的是原马局长的房子。瞿常住进不久，便被安排到乡下搞社教。家里是瞿常才接来的乡下老父和瞿常离婚时法院判给他的五岁儿子。

这天，老父正在洗碗，小孙子正在看新闻联播前的《米老鼠和唐老鸭》。门铃响了。老父边擦手边去开门。门开得很窄，只探出一张黑黝黝的老脸。门口站着一男一女，对着老父微笑。老大爷，请问这是局长的家吗？门口那个男的问。老人说，他不在家，下乡去了，进来坐吧。男女就小心地钻了进来，手里提着一大袋东西。哎呀，你们也真是，还带这么多东西干吗！老人边沏茶边说。男的问，局长什么时候回来？老人掐了掐指头，说，恐怕要到月底才回来。老人又问找他到底有啥事。男的朝女的望了一下，然后说，没什么。男女一口茶也没喝就走了。要不是小孙子吵得凶，老人是不敢动男女带来的那袋东西。袋子里装着两条盒子烟、两瓶盒装酒，还有两袋水果糖。糖袋子被小孙子饿狼似的开了封，只留下烟和酒。

老人拿着开了包的烟酒盒，到单位对面的商店问价。问完价，老人简直像捡了个宝似的。300块的烟，500块的酒，那就是八百呀，等于我在乡下种一年的田！可是，这一男一女找我瞿常儿干什么呢？是瞿常救过他俩的命？还是要我家瞿常替他们去打架？听说瞿常打架是出了名的，打过老婆，打过同事，打过单位的苏局长、苗局长、马局长，但很多人都说他打得好。这一夜，老人眼皮子没合过一回。

三天后的一个夜晚，又有人按门铃。是个穿超短裙嘴巴涂得血红的妹子，手里同样提着一大袋东西。这回老人可算清楚了：她是找单位的局长，而不是儿子瞿常。可等他明白过来时，袋子里的糖果又被小孙子开了封。妹子很不乐意地提着没被开封的东西走了。这一晚，老人同样没睡过一秒钟。哎，这些人啦，提着猪头找不到庙门！这世道也真不公平，我种一辈子的田，也没抽过这等烟喝过这等酒。哼，不公平的事就让它公平过来吧，现在已经收了别人的东西，不收白不收。老人想。

于是，老人开始把房间收拾得干干净净，整整洁洁。备了茶杯、茶叶、开水之类，客厅的小方桌也摆得端端正正，准备应酬的客气话也编好了，就等来人按响他家的门铃。这种守株待兔式的做法并没有过时。第二天，来了一个。第三天，来了二个。第四天，来了两伙人。第五天，来了三伙人……糖果越来越多，贵烟越来越多，名酒越来越多，还有一个给小孙子口袋里塞了 800 块……

二十几天过去了，房间里的烟酒糖果堆积如山。老人开始担忧起来了。咋办？老人到商店联系了一下，降价是完全可以处理掉的。老人分数次将东西全部转移到商店处理，得人民币 9876 元。

在儿子家过了一个不眠之夜，第二天，老人趁天还没亮，就拖着孙子回乡下去了。

从此老人再也没来过瞿常家。

老人害怕别人告他：诈骗。

# 相　片

法西斯铁蹄每到一处，都会留下深重的灾难。

可这似乎算不了什么，最糟糕的要数西伯利亚的寒流了，相信那年冬天会让每一个俄罗斯人牢记一生。

天地间出奇地冷。呼啸而来的风会疯狂地钻进你的棉被，渗透你的血管，然后凝固你的心脏。雪已经下得让库克斯小镇变成了一座"盐仓"。彼得诺夫先生的照相馆这几天都没开门，尽管他的照相馆在库克斯镇是最古老的。彼得诺夫先生已经分不清白天和黑夜了，外面到处白茫茫的一片。

一阵寒风过后，彼得诺夫先生似乎听到外面有敲门声。当然，这种敲门声比一个月前法西斯士兵的敲门声要文明得多，但彼得诺夫先生不能不提防。彼得诺夫先生用他那只使惯了的左眼往门孔里一望，门外卧了一个满脸胡须衣着破衫的人，门前的雪路上已被拖出一条长长的路径。

门开了。

长胡须的人一边艰难地爬进来，一边说："彼得诺夫先生，我想照张相，寄给莫斯科的母亲。"

当彼得诺夫先生备好机具，准备为这位稀客留影时，那人摆了摆手，说："彼得诺夫先生，你能替我把胡须刮掉么？"善待顾客，"彼得诺夫照相馆"一向是有求必应。彼得诺夫先生按照那人的请求，为他刮了长须，还替他梳整了那头乱发。

彼得诺夫先生再一次将镜头对准那人。

那人说："且慢！彼得诺夫先生，我还有一个小小的请求，你能否先拍下你的下身，对了，得穿我的裤子。"那人说这番话时，正从破衫里掏出一个包，里面有一顶破帽和一套旧军衣。

那是苏联红军的衣帽。

彼得诺夫先生简直不相信自己的眼睛：那人的破衫里只藏着半个身躯……

一星期后，一幅名为"儿子"的画像在库克斯镇满街悬挂着。

不久，这幅画像又在苏联的第一寸土地上流传起来。

没人知道照片上的人是谁。更没人知道：照片里那双军人的脚，是库克斯镇老摄影师彼得诺夫先生的。

# 背　景

　　他是个男人，一个胡子刮了又生生了又刮的男人。因此，他需要一个女人。

　　他知道女人不是自来水，他更知道像他这样一个一没职业二没本事好吃懒做的家伙要想得到一个像样的女人那就好比挑大粪的要当个局长什么的，比登天还难。因此，他又觉得在需要女人之前更需要一笔钱，哪怕是千儿八百。

　　为了这种需要，他决定铤而走险：当一回小偷。尽管小偷这种职业受人歧视，但他认为这比强奸凶杀抢劫等犯罪行为要文明得多。其一，小偷毕竟是小偷，偷窃时的心态毕竟是虚慌的，起码一点，他把自己摆在下层位子，对被盗者来说还是尊重的；其二，偷窃时即使当场被抓，物归原主，不存在什么强人所难；其三，小偷被擒时，举止是高尚的，骂不还口，打不还手。所以，他就明智地选择了这个行当，并立即付诸行动。

　　连日来，他把目光紧紧盯在过往行人的口袋里，但他似乎又发现他们个个都很警惕，好像他们知道他是个小偷。几次绝好的下手机会，他一一错过。一连几天，他一无所获。他有点心灰意冷了。然而，他一旦看到那些成对结双的年轻恋人们，他又仿佛有了勇气。他暗暗鼓励自己：别灰心，大胆去偷吧，偷到了一笔钱，就可以偷到一个女人的心。

　　他果断地调整了他的偷盗战术，开始把目光对准市民的住宅。就是这天晚上，差不多人静夜深，他借着忽明忽暗的灯光溜进了花园街五号，顺着那条胡同，他乘机钻入了有名的"烂崽王"陈二狗家中。当然，他绝不会想到自己所进的地方就是"烂崽王"的家园。借着微弱的月光，他撬开了主人的皮箱。里面什么也没有。他打算用最快的速度翻遍房间的大小抽屉。

"吱嘎"，外面传来急促的关门声。他眉头顿扬，吓得满身冒汗。他已经到了措手不及的地步。倏地，他钻进房间那张臭气熏天的双人床底。他朦朦胧胧看到有两双脚踏入房间。他怀里像抱了只活蹦乱跳的兔子，浑身发软。

两个屁股往床上重重地塌了下来。随即，便有两双男女有别的皮鞋挂在他眼前。

"老婆，我下午在桂花岩抢了一家信用社，钱全放在这床底下。我犯的是死罪，我得马上逃。"床上男人紧张地说道。

"啊？那把钱退回去吧。"床上女人惊慌地劝道。

"不！好不容易抢到手，还伤了两个人，钱退回去也是死路。"男人说。

"那么多钱，咋办？"女人问。

"我带走一部分，其余的你只管用，用不完的，谁要就送谁吧。"男人说。

男女对话使他从虚恍中清醒过来。他摸了摸身旁那个麻袋，真的是钱！他吓得禁不住叫出声来。男人迅速将他从床底下拖了出来。他吓得像一只没骨头的狗，瘫在地上。

"来这干什么？"男人问得很急促。

"想……想偷点钱。"他答得比较结巴。

"你来得正是时候，我正愁这么多钱无法处理，你尽管拿吧。"男人说。

"不，不。"他赶忙否定着。

"你不是需要钱吗？快拿吧，狗娘养的！"男人命令着。

"我不要，我不要。"他开始哆嗦起来。

"你不要？那就把命留下！"男人和女人几乎是同时逼近他。

"我的职责是偷，不是抢，偷和抢是两码事，虽说目标一致，但对抢来的东西，我是不敢要的，更何况是抢银行的钱。"他苦心申辩着。

"老子的钱是用命换来的，你还敢这么讲，那就叫你去死吧！"男人凶得已经双手卡过来了。

他顿时像一匹失惊的野马，奔门而逃。

"救命啦，救命啦！"他边逃边喊。

路人逮住他。他哆嗦着："抢、抢银行了，就、就是那家！"

就这样，他成了英雄。

英雄的诞生使很多领导都来看望他。而他却是一股劲地落泪。特别是公安局张局长临走前在他肩上拍的那一掌，他几乎吓得昏过去。

他的事迹得到空前的流传。流传的结果使他受宠若惊：少男少女们雪花般的信件冲他而来，赞美的，羡慕的，还有表示爱意的。这样，就很自然地有那么一位少女，从信件里走出来，与他聊，与他笑，与他共话未来。

结婚那天，他十分慎重地告诉那女孩：我不是英雄，那次我只不过是个小偷。

"岂有此理！"那女孩说。

"是的，对天发誓，我没骗你！"他认真解释。

"再这么说，我就马上和你分手。"女孩说。

他懵了。好久才挤出一丝苦涩的笑。

# 防

　　要不是局长这晚喝多了酒，口渴，他是不会下床去取冰箱里的冰果汁。当然，也就不会发现他的那台"扬子"没了，以致惊动了保卫科的十几个人，以致让传达室的马老头如梦初醒：门口那台冰箱，原是偷来的，方才要求开门的那四个彪形大汉，全是他妈的贼！

　　冰箱被抬了回去，局长很是感动。局长夫人就对局长说，马老头挽回了咱们家损失，你得关照关照才是。局长于是就把马老头记在心里。

　　然而，马老头后半夜再也没合过一回眼。他已经意识到自己犯了一个不可饶恕的错误。幸好，这间值班房的门窄了两公分，四个盗贼横着竖着，都没能把那台冰箱抬出去。幸好，大铁门的钥匙他忘魂似的寻不着，要不，局长那台"扬子"冰箱是必盗无疑了。四个盗贼口口声声说冰箱"氟里昂"漏气，不抬出去会毒死人的。初来乍到的马老头，不知"氟里昂"为何物，也不知道他们就是贼（马老头还是第一次目睹城里的贼这样冠冕堂皇地偷东西），他曾为自己一下子寻不到铁门钥匙，竟然想砸烂那把锁。他曾为自己所住的那间值班室的门小了两公分，竟然想提斧头劈宽门框。四个盗贼被马老头那种想法和那种行为弄得个个没了踪影。没等他马老头把锁锤烂，将门框劈宽，保卫科的人就来了。

　　天还没完全亮，马老头已经捆好了他那床才睡一个月的破棉被。备了衣物，马老头等待着局长的批评，乃至罚款。他耳边仿佛响起了局长的声音：老马呀，实在对不起，我单位需要减员了，守门这事就不用从外面聘人了。或者是局长的其他逐客令。骂是应该的，就是打几耳光，也应该，谁叫咱恁蠢，盗贼偷了冰箱，非但发觉不了，反倒想帮贼儿把东西弄出去！

上班的时候，马老头看到局长坐车出门。局长还在车内特意对他马老头微笑着点了下头。马老头就愈加悲观了。他没像往常那样拎了翻盖瓷碗，笑吟吟地上食堂买油条和稀饭。他一点食欲都没有。他等待的是这个单位给予的罚款乃至驱逐。

当办公室的眼镜秀才坐在马老头的值班室里翘了二郎腿准备记录时，马老头才意识到问题的复杂性。马老头不打自招：张秘书呀，我虽想把铁门的锁砸烂，把门框劈宽，但我还没有做呀！

什么？眼镜秀才扶着眼镜问。

我还来不及帮他们将冰箱弄出去，他们就跑了。马老头再次交待着。

眼镜秀才笑得比哭还难看。他说：马伯，错了，你弄错了，我是来为你整立功材料的。局长说你防了一起重大盗窃案，要我把你的事迹整理整理，向上面报一报。

马老头听后，像塌方的土，瘫在藤椅上。

不几日，一篇题为《一把锤子一把斧，六旬老翁斗四贼》的先进材料上了报刊，进了电视。职工大会上，局长还亲自将 400 元奖金送到马老头手中。马老头当时双手颤抖，哭着说：领导，我有愧呀！有愧呀……

机关职工还是第一次看到这样的受表彰者。那场面才叫感动呢！

马老头从此没有走。他一天到晚坐在那张破藤椅上，一双灰蒙蒙的眼每时每刻都瞪着门口过往行人。眼睛瞪累了，有点流眼泪，马老头就捏了块布手帕，除了擦眼屎擦眼泪，就是痴痴地瞪着出出进进的人。看清了是单位中人，便眯着眼笑一笑，算是招呼；遇上不认识的，马老头就吆喝：喂！找谁？然后要求登记，哪里来，哪里去，何时来，何时去，统统登记。单位的那两扇铁门也日日夜夜关着。单位车辆出进，马老头勤开勤关，从不嫌烦。不认识的车辆进来，一律登记后放行。

马老头这般扎实地守了三个月大门。这三个月里，机关没丢一件什物，群众反映相当好。

然而，当马老头还未来得及真正实现那篇材料中的先进事迹时，就被辞退了。是局长的意思。

新来的守门员是一位年轻小伙。姓曾。曾告诉我：在马老头那本厚厚的破"来人登记簿"上，密密麻麻地记满了来访者。"找谁"那一栏都写了"局长"二字，"备注"栏全被马老头用铅笔写上"烟两条"、"补品三大盒"、"酒四瓶（不像是炸弹）"等等之类的字样。

# 母亲的电话

在江西参加培训时，大师立了两个规矩：一是听课时必须关掉手机或者把手机调至震动状态；二是不能随便离场，如果硬是要离场的话，必须站起来说声 Sorry，得到大师的 OK 后，我们才能 go。头几天，我一直做得很好。就在大师眉飞色舞地讲述如何进行"陌生拜访"时，我的手机响了。手机里罗文演唱的《射雕英雄传》铃声，音质空旷，极富感染力。所有人顿时将目光扫向了我。我急了，急忙想关掉手机，却动作却是那么迟钝。我无意识地说了声 Sorry。大师扇了扇他的手掌，说，OK，OK。大师示意我马上出场。想必大师对射雕之曲极不适应。

手机显示的电话区号是老家那边的。我来到教室外的走廊里，还未来得及喊"喂"，我就听到了我年迈母亲的声音。母亲说，松崽，你在哪里？我都四十的人了，母亲还是喊我"松崽"，没丝毫别扭感。对于母亲的这般称呼，我也习惯了。我说我在江西学习。母亲显得很高兴，急着问，去了几个人？我说，湖南一共来了四个。母亲总是提醒我一个人出差，千万要注意安全。很明显，母亲对我这次四人外出学习是绝对放心的。母亲又问，省里去了几个人？我说，就我一个，其他三个都是基层单位抽来的。母亲"哦"了一声。听得出，母亲很自豪。我说，妈，我在上课呢，有事吗？母亲忙说她没什么事。随后母亲又告诉我她在二姨家给我打电话。母亲还说，二姨也想知道我这次有没有希望。我说，妈，还没结果呢！如果没其他事，我就挂了。母亲说，没事，没事，你上课去吧！

教室里一阵哄笑。我感觉到大师已经把"陌生拜访"描述得非常精彩了。我隐约得知，大师嘴里的"陌生拜访"不仅仅是对客户，还要对自己的领导，要把营销领导与营销客户放在同等重要的位置上。大师后面说的内容，我基本上听不进去。我在想母亲刚才那个来电。

母亲上个月被我接到长沙住了半个月。要不是她经常闹头痛，说什么她是不会来的。每次想接母亲来一趟省城，母亲总借口说等我集资房建好后再来。上个月，母亲的头痛真是不行了。我和妻子告诉她，省城有一家出了名的专治头痛病的医院，母亲才答应来省城。这也是母亲第一次出远门。来到长沙，母亲才知道我在这里过得并不像村里人说的：省里的干部，个个住高楼，坐电梯。我租住在单位一间不足 60 平米的简陋小房里。一到晚上，我和妻子忙活着摊地铺，母亲总是觉得自己来得不是时候，显得很拘谨。我和妻子带母亲去湘雅医院检查，医生量了我母亲的血压后，显得异常紧张，医生问，你们住哪？我说，黄土岭。医生又问，是走路来的？我说，是。医生很严肃地说，这么高的血压，还敢走这么远的路？万一摔倒了，那是相当危险的！医院的检查结果是：母亲患有严重的高血压，脑动脉有些硬化。医生给我母亲开了一纸长长的处方。划价时，母亲紧跟着我。当母亲得知那单子里列了 1600 多块钱的药时，显得很惶恐，坚决要求医生划掉几样药。我和妻子劝她说，妈，这些都是专家医生指明的，不用这些药不行。母亲像个孩子似的，不断地用松皮般的手背擦眼睛。母亲守在缴费窗口，坚决要求我们找那个医生划掉几样药，否则就不让我们付款。母亲说，人都会老，老了都会生病，吃再多的药也是空事。万般无奈，我们只好求医生把高价药换成了廉价药。

在长沙的日子里，母亲总说自己头不痛了，显得很是开心。一次，母亲很正经地对我说，松崽，村里人都说你调到省里做官了，你现在是不是真的做官了。我笑了笑，说，妈，我还不只是个科长，在富阳工作时我就是科长了。母亲又问，科长这个官有多大？我解释说，就像我们乡的乡长。母亲"哦"了一声，像是听明白了。顿了顿，母亲又试探着问，那科长再往上爬一下，是什么官？母亲望着我，很诚恳。我不忍心让母亲失望。我说，处长，就像县长一样。母亲听了一脸笑容，自言自语道：还是你三宝爷有眼光，说是人都想往省里跑，随便爬一下就是个县长。三宝爷是我们村里唯一的识字老人，村里人遇到难决策的事，都喜欢请他拿主意。

母亲小住长沙时，正碰上我们单位声势浩大搞提拔。我作为一名老科长，也在参与行列。那段日子，母亲天天笑眯眯的，仿佛我就是未来的县长。一天晚饭后，母亲将我叫到儿子的书房，小心地关上门，然后从布袋里掏出一个布包，一层一层摊开后，里面是一扎钱，整整齐齐的。母亲说，松崽，你们单位要提拔人了，你就拿这些钱送送领导吧。我说，妈，你这是怎么了？母亲说，现在都这样，当个村长都要送东西呢，更何况是省里，妈帮不了你什么，这是2300块钱，你拿去送吧。我真没想到，我纯朴善良目不识丁的母亲竟也会这样。我自然不肯收下母亲辛辛苦苦攒下的钱。说实话，我连领导的家门开向何方都不知道。母亲见我不肯收，很不快活。看着母亲那模样，我最后还是收下她2000元。后来的几天里，母亲总是催着我把钱用出去，吩咐着我给领导买些烟酒。母亲还特意交代说，富阳的酥糖好吃，要我到商店看看，有没有富阳酥糖，给领导买点送去……

　　我拿着母亲给的2000元，终究没给领导买烟酒买酥糖。母亲却以为我已按照她的意思，给领导买了烟酒，买了酥糖。

　　母亲在长沙住了13天，就执意要回老家，留也留不住。母亲说，等我当了县长那样的官，再来麻烦我。我听了心里在流泪。

　　母亲是非常高兴地离开长沙的。从那以后，母亲隔三差五打来电话，问我出差没有，几个人去的，末了，总要顺便问一问我提拔的事。

　　江西学习回来的第二天，单位提拔人的消息公布了。我没有入围。我想，大师的话是中肯的，我没有很好地学习营销。三天后，母亲打来电话，问我是不是回了长沙。我说，回来几天了。母亲在快要挂电话时，又问，你那事出来了吗？我知道母亲又是在问我提拔的事。我觉得没有必要瞒着我望子成龙的母亲。我说，结果出来了，我没入围。我想解释我没有入围的理由。母亲却扯开了话题，说，松崽，三宝爷死了，昨天才上的山，三宝爷在死前还说，现在有能力的人不一定当得了官。没有选上也没关系，千万别放在心上，现在连农村的日子都好过了，只要日子过得好，妈就放心了。还有两个月，就要过年了，你们回来过年吧！

　　我模糊着眼圈，对母亲说，妈，今年我一定回家过年！

# 自成一格的民间幽默

## ——杨崇德小小说印象

**杨晓敏**

　　我对杨崇德印象颇深的是他一篇叫《苍蝇》的小小说：在大礼堂开大会时，主席台上的领导在作着冗长且乏味的长篇报告，台下的众人皆昏昏欲睡。一个人去厕所回来时，引来了一只苍蝇。当他重新进入瞌睡状态时，忽然发现那苍蝇正在身旁一位熟睡的参会者脸上绕来绕去，嗡嗡不止。见那人迷迷糊糊甩着手驱赶苍蝇，他决定帮助那人消灭它。他用力拍向苍蝇。苍蝇拍死了，也拍出了响亮的一掌。他这一拍，一群昏昏欲睡的与会者以为领导讲完了，竟头也不抬，跟着一起鼓掌，紧接着，一个个掖上公文包，鱼贯出了会场。这时候，领导却怔在台上……因为报告还有五页没念完。这篇作品针对那种务虚的会风给予了极大嘲讽。在庞大的小小说写作者中，能熟练使用幽默技艺的并不多见，这显然需要一种"另类智慧"。作者早期创作的《防》《诈骗一种》《官司》等，调侃机关陋习，抨击官僚主义，既贴近生活，又谐趣横生，所以能让读者过目不忘。

　　阅读杨崇德的小小说，能给人带来的阅读表情就是笑：轻松的笑、沉重的笑、含着泪水的笑、恨铁不成钢的笑……甚至，还有气急败坏的笑。著名作家老舍当年曾说自己的小说是"酸笑"，虽是自谦，试试并不容易。春晚小品恨不得捏着观众的鼻子笑，本山大叔要是读读杨崇德的小小说，没准儿会整出一个比《不差钱》更搞笑的小品来。杨崇德的小小说就有这样的魅力！

让我们来看一看杨崇德小小说的幽默特色。

首先，他的小小说不仅仅是叙事语调的诙谐幽默，而且还择取了具有幽默元素的人物和事件。换句话说，从生活素材的幽默化入手，把投机钻营的追名逐利者，顾影自怜的退休失势官员，自作聪明的小职员等，无不纳入自己的创作视野。作者不动声色地让人物作绝妙的自我表演，因而这种幽默不是"贫"出来的，而是与生俱来，从人物骨子里透出来的。《停水》里的机关小职员张志高，在摄氏三十九度的高温天气里收到一张停水的紧急通知。发自自来水公司，留给他的时间只有四十分钟。于是，这个机灵的家伙立马赶回家和老婆一起接水，并十万火急地通知了三家人：局长、副局长及一个哥们儿。当然，这几家也是接水接得盆满缸溢。到了该停水的那一刻，颇有成就感的小职员张志高几乎是在倒计时等待，然而，水流却仿佛更大更急了——原来，机灵过头的张志高看错了通知的日期，停水通知是去年这一天寄达的。这篇小小说的结尾更绝，在领导和好友对他谎报了军情表示无限的愤怒与不满时，张志高偷偷关掉了供水总阀门，在大多数人的叫骂声中，在摄氏三十九度的高温下"心里舒服了"。他猜想，两位领导的心情应该也是这样。这篇作品深刻揭示了人性的弱点，达到了"人人心中所有，人人笔下皆无"的层面，它像一面镜子，能照出人物心理的角落之处。在杨崇德的小小说里，这类民间原生态的幽默比比皆是。如《天要下雨》《1989 年的火灾》《捉贼》等，运用场面式的细节和情节，逼真、鲜活、诙谐，既真实可信又稍显夸张，令人忍俊不禁。让我们在笑出声的同时，又感到有一种浓浓的苦涩在里头。

其次，杨崇德的来自民间、抒写民间的幽默特色是与宽容大度紧密连接在一起的。在他的笔下，没有慷慨激昂和愤愤不平，没有刻薄的挖苦嘲讽，完全让人物随着自己的思维逻辑而行动。在形象刻画上，作者不仅对"好人"抱着极大的同情，即使对"不好的人"也不吝啬，他以漫画式的夸张写意，用寥寥几笔就勾勒得活灵活现。《在我们回城的那个晚上》就体现了作者善意批判的姿态。三个下乡扶贫的城市机关职员，到贫穷落后的牛角冲辛苦工作了一年，修建了马路、学校，安装了自来水，为当地老百姓办了不少好事。临走时，三人还凑钱请村干部吃饭。薪水虽不高，每人还是兑上200元请四名村干部到县城吃饭。一桌七人。不料开席不久，村长的儿子、支书的女儿、会计的孙子相继赶来，甚至还带了一条狗。大吃一顿也没什么，可气的是吃完饭后，村会计还想进发廊，理由是："你们来了快一年，也没见给我们一分钱，不搞白不搞。"这篇小小说让我们深切地感受到这些村民的愚昧和真诚，意识到真正的扶贫应该是物质援助和提升精神层面的双管齐下。值得注意的是，杨崇德在这篇批判意识鲜明的小小说里没有使用一个贬义词，整体上仍然是温婉宽厚的。只有一个细节："民兵营长的女儿来了，几乎是带着哭腔进来的，她说，爹，这儿是金凤酒店，可你告诉我是在金凤凰酒店。"还是令人听出了弦外之音。

杨崇德笔下，没有绝对的"好人"和"坏人"，顶多只有"不好的人"。在描写这样的人物时，作者的笔端流出一种苦笑或啼笑皆非的幽默。杨崇德并不将自己的爱憎感情和盘托出，而是运用"黑色幽默"的笑法，进行一定的加工创造甚至异化变形。《刀尖上的笑》里，就极为生动地塑造了一个喜剧式的人物——孙明。此人为参加处长竞聘，到美容店刮脸整容，却巧遇竞争对手，另一个副处长王志奎。王很客气并替他买了单。该人走后，孙明一边享受着刮面，一边想象着自己竞聘的压倒性优势——头天晚上给局长送现金一举成功，而对手王志奎仅仅给局长送了一包不值一提的土特产。接着，未来的处长沉浸在当官的美梦当中，忍不住地笑，不自控地笑、自鸣得意地笑——忘形之下，忘了老板娘锋利的剃刀正在脖子上游走，于是结尾乐极生悲。作为旁观者的我们，不知道未来的处长伤势如何，善良的杨崇德也不忍心多写，但我们知道，"刀尖上的笑"具有一定的危险性，纵然得意，不能忘形，否则就离真正的危险不远了。在《官疗》《官瘾》《病》等描写为官之道的小小说里，塑造了一系列"官场现形记"式的人物，最让人哭笑不得的是《病》中的主角马局长。马局长从退休那天就被人改称为"老马"，他早有思想准备，人走茶凉，古亦如此。但他却患了一个怪病，没事就冲老婆大叫：快去开门，有人来了！然而每次开门都没有人影。心理学专业的儿子断定父亲神经出了问题，在病床上也改不了这个毛病。最后还是从探病的朋友身上发现了端倪——只要有人送东西，病立马就好，过了七天，又会周期性发作。聪明孝顺的儿女终于想出绝招，兑钱买礼品，七天一次请人上门给马老送礼，循环往复，终于治好了父亲的病。故事虽显荒诞，却并非奇谈，杨崇德把它写得富于人情味儿，唯其如此，方显出内在的幽默传神。调侃揶揄只是藏在故事的背后，让我们感觉到不甘失落的为官者内心深处的可怜可叹。

在数以百计的作品中，杨崇德还创作了大量"民间语文"式的小小说。如写没有原则、替乡长出车祸后当替罪羊去顶缸的《羊》，用农民式的道德方式企图感化小偷的《捉贼》，《1989年的火灾》中鼠目寸光的山里大嫂对待火灾的幼稚方式等等。让我们感受到杨崇德作为小说家观察生活的独到眼光，以及把诙谐幽默的表达方式与鲜明生动的当代生活融为一体的创作才华。

杨崇德已人到中年，在小小说创作上已形成了自己独特的创作风格，我们当然期待他在今后的创作里能有新的突破。他曾说："我喜欢文学，更热爱生活，我愿意在文学和生活之间，用笔架起一座小桥，把人生中的一些有意思的物事，用笔墨描述出来，给理解生活的人看。"或许这些话就是一个作家贵在坚持的创作宣言。

故乡的云朵

# 留守者取得的硕果

郑允钦

在微型小说作者队伍中，湖南的杨崇德是一位坚忍不拔的留守者。

微型小说是一门看似容易实则难度不小的文学艺术创作种类。由于篇幅短小，报纸副刊常能刊载，不少人选择了它作为游向文学殿堂的试水轻舟，孰知正因为短小，小说的特征又基本不能少，写作起来犹如"螺蛳壳里做道场"，比一般短篇还要难得多，所以微型小说作者尽管出了一拨又一拨，真正能够坚持下来并取得成果的人却是少之又少。

杨崇德便是这少之又少的留守者之一。

杨崇德曾在湘西的一家农业银行工作多年，在笔者的记忆中，他多次给《微型小说选刊》来过稿，由于作品乡土气息浓郁，有一定的特色，他的作品曾多次被《微型小说选刊》选载。

现在，杨崇德的微型小说终于结集出版了，这实在是一件可喜可贺的事。

收入本集的一百篇作品是杨崇德多年心血的结晶。这些作品题材广泛，语言生动准确且具乡土气息，构思也不乏巧妙精警之处。

一般而言，微型小说比之于长、中、短篇，能更迅捷地反映社会生活，优秀的微型小说作家知道利用这个优势，常将笔触深入社会变革的前沿，及时捕捉社会发展中的新矛盾和焦点问题，常能收到事半功倍的效果。杨崇德身处内地，不在社会变革的前沿和中心位置，他是个聪明人，知道如果牵强去写，难免生编硬造，反遭失败。他只从身边能够观察到的人和事入手，写自己熟悉的生活。由于他善于观察，精于提炼，每每能在看似普通的题材中发掘出新意，写出打动读者甚至让读者吃惊的作品。

例如《厕所的变迁》，表面上写的是一件微不足道的上厕所的小事（两位乡长在上厕所时遇到同一村民，态度的迥异使他们的前景有了霄壤之别），实则反映了政府官员是否亲民将决定他们的前途和命运，此主题不可谓不大，读后发人深省。

又如《打工仔》，塑造了一位穿着时髦、出手大方的内地农村赴深圳的打工仔形象，时人包括其父对其看法与实际情况的大相径庭，凸显出传统思想观念与飞速发展变化的社会之间的矛盾和冲突，读后令人感叹。

以上列举的二篇不但有典型的时代特征和深刻的社会内容，而且构思巧妙，属于"入角小，开掘深"的微型小说佳作，足显作者的创作功力。

这本集子描写官场现象的小说不少（带了"官"字的标题就有好些篇），说明作者对官场腐败和不正之风深恶痛绝，对某些社会现象有自己的思考，这是值得肯定的。但从微型小说创作角度而言，这类题材其实是不好写的，弄不好就会显得浅露或概念化。本集中这类题材除了《厕所的变迁》写得不露痕迹，《软绵绵的夏日》也写得含蓄巧妙，人物形象较为鲜明，故而也能给人留下较深印象；《村官康强》属于正面形象，构思和人物塑造都不错，只是细节尚不够突出，读后稍觉平淡……愚以为这类题材的小说，不在乎是褒是贬，关键是要抓住微型小说的本质特征，在构思巧妙的基础上将人物写活。

这本集子中耐读的作品还有不少，留待读者细细品味，笔者不再一一赘述。

毋庸讳言，这本集子中有的作品还不够成熟，有的还稍显平淡和沉闷，也还有个别在篇幅和写法上超越了微型小说的范围，但这些都是前进中的问题，我相信杨崇德先生在取得硕果的同时，能正视存在的问题，我坚信他定会不断努力，写出更多更好的作品，为微型小说创作园地增添异彩！

# 草根情节的视角与力度

## ——读杨崇德的小小说

### 聂鑫森

在湘省小小说作家中，杨崇德头角峥嵘，创作成绩不俗。历年来，我在读他的作品时，总是强烈地感受到他草根情结的扎实、隽永。他有着敏锐和充满悲悯的平民视角，对底层生活的关注，具有一种刚柔相并的力度。

他是一个地地道道的农家子弟，然后入大学，再进入金融界的基层和机关。四十岁出头的他，熟悉乡村、城市诸多领域的生活，并对其有着深入的了解。因此他作品的取材是宽泛的，描写的人物是丰富的，同时，表现手法也是多样的。

底层芸芸众生的"社会情绪"，常表现在对执政者的格外关注，对某些不正之风的严正愤恨。崇德对于这类题材，似乎很是敏感。对极少数村长、村支书及其他官员的不良风气，往往痛心疾首，予以严正的批评。但他的批评，并不是声色俱厉，而是艺术地寻找到一个极好的"切口"，以此来营造人物的活动氛围，选取刻画人物的生动情节和细节，在质朴的叙述中，寄托他严肃的意旨。《变种的鸭》《树殇》《防》《母亲的电话》《你们还让不让人睡》《2008年的震动》诸篇，皆属此类。

《变种的鸭》，谋篇布局可堪一读，"鸭"这个道具，成了全篇的"戏眼"，以此来透现一个普通农民在"权力话语"挤压下的惊惶、怯弱，又在拥有宽裕经济后的极具喜剧性的反抗和报复。《树殇》则以一棵"丹桂树"的老化、腐败和空心，最终被砍去，来寓意一位老农民对身居要职儿子的教诲和警诫："成金呀，你可要给我记住，树是这样，人也是这样呀！不管你的官有多大，只要心腐败了，就随时会倒下的。"《母亲的电话》中，乡下老母亲和城里当干部儿子的电话交谈，巧妙地揭示了现实社会约定俗成的规矩及普遍的国民心理，深刻而又题旨鲜明。

不仅如此，崇德在其作品中，总是对底层的小人物充满深沉的同情和怜惜，对他们危难中的困惑、艰辛中的奋争、绝望中的希望，予以艺术的再现，读后令人感同身受，如《水乡》《股疯》《追贼》《1982 的校园生活》等篇。

崇德在文字的遣排上，既有写实准确、形象、朴质的熟练手法，同时又具备诗性化的、简炼的、含蓄的另一套笔墨。这在《白发，黑发》中表现得尤为突出。通篇就如一首散文诗的结构，每段每句都散发出诗的气息，极缠绵地写出了生命行进的恒定性和对乡土执著的眷恋。寥寥数百字，塑造了具有概括意义的"白发"和"黑发"的感人形象："从此，白发下面绽放出一张永恒的笑脸。此后，黑发丛里生长着一个自强的思维。"

崇德在作家的阵营中，还应属于比较年轻的一辈。他的生活阅历和努力向上的情怀，加上读书的认真和写作的勤奋，我相信他还会写出更多更好的小小说，取得更加丰厚的成绩。

我期待着。

# 精制的意味世界

## ——读杨崇德小小说有感

邓宏顺

如果你工作很忙，想用最少的时间在小说里了解另一种人生世态，不妨读一读杨崇德的小小说。

如果你勤于思考，想通过一件小事看透一些世事，不妨读一读杨崇德的小小说。

如果你爱好文学，想把自己身边的事情以小小说的艺术形式表达出来，不妨读一读杨崇德的小小说。

我读他的小小说已有多年了。每每在邮局报刊亭翻阅报刊时，总要看到他的小小说。在杨崇德的小小说世界里，蕴藏着丰富的人生情感，或幽默，或讥讽，或冷思。十多年如此。最早看他小说时，他还在怀化农行工作，后来他去了省农行。今年正月，我在参加政协会时，突然接到他电话，要我给他的小说写个读后感，我几乎是没有推辞就答应下来了。原因不言而喻，就因为喜欢他的小小说。但就这么凭印象写起来，还是心里不踏实，重读了他的几十篇作品，仍觉得自己乐意写，给这些小小说写个读后感没有骗人，这些小小说值得一读。

当前的小说常常是外壳太厚，没有内容，就像今天的礼品包装一样，外壳漂亮得刺眼，内里没啥好东西，而杨崇德的小小说里还的确有些真货。

美国一位文艺评论家说过，一切艺术品都应当是有意味的东西。杨崇德很明白这一点，他的小小说总是意味俱全。

要用一两千字的小说把官场上的事写出新鲜意味来，真的不容易。在《米洋乡长的一天》里，乡长身上的生活趣味和他要弄的那个先进材料的社会意义，真是又鲜活又深刻。他们在撒尿声里谈先进材料的数据，而这个要送上面汇报的先进材料，正是糟蹋农村女孩的"经验"。谁想否认？"大家正吃着，金村长的房里冒出一个大肚子女人。那女人像行军礼似的用右手照在额头和眉眼间，打量着对面的山道。金村长有些难堪地说，这是我家老二，上个月才从深圳回来。那个狗日的台湾老板，说好了今天来接她，到现在连个鬼影都没有！"桃花沟有多位姑娘都落得如此悲剧。

在《官习》中，我们看到了机关一把手像走马灯似的轮换着，他们最初都非常严格地整顿工作纪律，但到最后，又都回归到原处，唯一不同的是，每届领导把迟到早退的罚款提高了 10 元。这就是他们的权力和能力吗？或者是积重难返，只能无奈？上下左右地想想，难道我们没有这种经历吗？

在《官劲》《官殇》《八月二十七日》《一夜未眠》这些作品里，我们看到了想当官而又当不了官的；看到了当了官就变脸的；看到了当了官又走向绝路的；看到当了官给家里女人带来畸形情感的……实在是给当代官场画了多幅生动的画像啊！

写乡情乡趣让人爱恨连绵。一个小孩子想逃学抓鱼，于是他假装肚子痛。这是《1973 年的病》写的事情。发生在孩子身上这件小事，不能不让人把那时的童真岁月幸福地回望一次，其中饱含着人生最天真最美好的一面。在《历史》中，我们看到了民间文化带给大学生的难题，弄不懂门神秦叔宝和尉迟恭的来历，这也是从另一个侧面启示我们的教育在生活面前的趣话。至少是提示我们要懂些民间文化吧。在《掌上的战斗》和《邪道正路》里，我们真真切切地看到了乡村人从小孩到大人的那些既偏远冷僻又生气盎然的生活情趣。

写世态让人啼笑皆非。一个工作队做好事，为一个地方的溪河上架了座浮桥，不再要村里男人背外地进村来的人过河了，但工作队一走，浮桥又被拆掉。何故，有浮桥就不需要人背着过河，当地农民没有背人过河的收入了。市场经济的社会生活不能不带来一些令人思考的事情。我们可以不假思索地做出一个对错的答案，但现实生活并不那样简单，他们会有很多的理由。《农民兄弟》里，亲生儿女在城里远离父亲，相反，留在乡下当农民的继子却对父亲那样真诚。《威胁》与《1973 的病》相反，孩子不听话，大人竟要说，你要再不听话，就要你吃三碗饭！还有《扶贫点滴》等，这些作品都是那样逼真地把生活展现给我们，让我们去思索。

写哲理的《夜雨蒙蒙》，让人读得出美国作家欧·亨利的味道。此前他因为看见过一个情节，而怀疑自己的妻子跟别的男人有不正当的关系；而有一天，他遇到的事情几乎把妻子经历的那件事重复了一遍，当然，原因与结果在这里也就自然明白。《这孩子干吗像我》，抓住当代家庭的一个特点来写，也是耐人寻味的。

写爱情的《被雨淋湿的河》，似乎不应是一个小小说能完成的，这个作品写了牯爷那么长的岁月，但就是在两千字里完成了，而且把人物写得富有立体感。《像水一样》的爱情更来得猛烈，在水库要垮坝的时候，男人因为怕淹了自己爱人的坟墓，即便是支部书记站在他面前阻止他，他也不顾。这不是一个简单的情节，要一个老实农民和支书对着干，需要多少感情的积累啊！

杨崇德出生于二十世纪六十年代，为地地道道的农家子弟，又一直在农行系统工作，创作只是他业余的事情，要在全国三百多家报刊上发表小小说作品八百余篇，一百多篇作品被《作家文摘》《青年文摘》《小小说选刊》《微型小说选刊》《读者》《故事会》等期刊转载，数篇作品获省及全国性奖，这真是谈何容易！他的部分作品还被改编成轻型音乐剧、连环画，被全国多所重点中学选为高三语文高考冲刺考试题。我想，这些发稿编辑也许和我一样，是认为他的小小说实在写得有意味，读他的小小说就如走进了一个精制的意味世界。

# 风格不是个东西

杨蔚然

看不懂的小说就是好小说，曾经很多有志先锋的作家如此为自己的作品开脱，皆因当时后现代小说盛行，大家一鼓作气赶了潮流的皮毛。于是，阅读小说成累。当下小说，不是通俗到看开头两行就猜到最后一行，便是看不懂头一行到最后一行。于是，不看为好，转看影像，却不料，影视剧的影像也同上。文化享乐主义，它变成只是个主义，没有现实满足的支撑。

从未被我当回事、从不曾与之交流小说的老友杨崇德，硬是在写了八百篇小小说后于网上把其作品"逼"到我面前，无意中读罢，我真甩不脱端不掉拿得起放不下，于是要来翻尽所有作品。

实不瞒说，小小说，我从来只认汪曾祺、星新一和欧·亨利，但未达其水准的我，会兴奋地找到那症：汪曾祺不当下，星新一太技巧，欧·亨利又过于脍炙。

杨崇德，一股讲不清的味。这味又熏得够劲，如高贵的科伊巴雪茄陶冶神经，如草根的软白沙唤得脾肺的舒畅。

题材上，杨崇德镜头向下，下里的巴人，山野的村夫，即使是大都市人也是貌似强大的卑微小科长等等；意念上，杨崇德镜头向上，把人之性、性之本、本之源提挈出来，令人惊乍；技巧上，没有斧凿，又结构新巧，又大雪无痕。篇与篇之间，没有重复，每千字都在不同的另一端，仿佛要故事囊括万人万物万事万非万得万失万进万退万浮万沉，万般皆有。人物上，丰满骨感，皆能让你对应到生活的周围，你想赞他帮你赞了，你想骂他帮你骂了，你想恨他帮你恨了，你想爱，他只告诉你那是爱，仅此。

风格是个什么？是批评家便于使用的标签，还是一上来就可以炒作的点？显然杨崇德的东西归不到哪一门派里，迷踪拳却打起呼呼出风，招招到位。那么不去追究是否有门有派，就边缘化得厉害？显然不是，它满足了读者对故事的渴望，同时又要读者在故事阅读罢，或欷歔或慨叹或出汗或出冷汗——观点或说主旨暗行在故事间，早就拒绝所谓欧·亨利式的结尾，那是作家对新现实速读小说的理解，也是其"不出新，勿宁死"的自虐式自我要求。

还是那句老话，时代呼唤"大家"，我没资格发证给他，也不会仰视地认为他有好"大"，他的成"家"。我只觉上赶着要你有感觉并诚心为之写些什么的东西，便是好东西。

# 暗想平生

杨崇德

## 一

我无法忘却那段日子。1984 年 8 月 21 日的早晨，估计太阳也刚醒，才泛了它一副红妆，飘扬在我家屋背后那个叫太阳坡的山岗上。我还在梦乡。父亲在我房门口停停顿顿地喊：德崽，德崽。我懒洋洋地起床，懒洋洋地开门。我的父亲母亲可能在我的房门口站了很久。父亲说，通知书这个时候还没来，怕是没希望了。我没有言语，只是忙着穿衣服。高考都过去一个月零十二天了，那个背淡绿色帆布包的邮递员还是不能如期跨进我的家门。这让我无话可说。我曾几次目睹公社来的那个上了年纪的邮递员从村子当口走过来，他隔了几个田埂同院子里的人搭讪几句后，就沿了我们村的井堂方向爬山去了毗邻的小岩村。作为一个高考生，我多么希望和他接上头。可是没有。他不认识我，又加上确实没有什么东西要给我，他干吗要与一个长期在外的读书伢子接上头呢？和我一个大队的同班同学铁龙、钢龙两兄弟也没收到任何录取通知书。估计我们三个都黄了。我们在怀化六中艰苦奋斗的三年全都黄了。父亲显然是要出远门。他已经用他那条长长的洗澡帕兜了两碗黄豆，腰背上的刀闸子里插了一把磨得亮锃锃的刀，一双崭新的草鞋系在他腰间。我端着被我洗得浮满水泡的洗脸水走向晒谷坪当头，用力一泼，倒出几根水柱，重重地破碎在下面的鱼池里，吓得池里圈养的鸭们扇动着翅膀游向那头。田里的中稻已经亮出了饱满的谷穗，兵马俑式地密集在那儿。太阳的光芒照亮着田间那头，使得那边的亮度格外刺眼。那个季节，生活在那方山水的人们总忘不了挣钱过日子。父亲要去分水坳剥树皮。我至今还不知道，那种树皮可以用来卖钱的树到底叫什么名字。我曾用《新华字典》顺着"木"旁去找与一些与树有关的字，翻出来几十个可能是树的字，都没记载"一种乔木（或者一种灌木），树干小，叶子呈椭圆形，皮可剥，是上等的纤维原料"等字样。分水坳是我们新建公社去县城怀化的必经之地。山高路陡，气候反差大。母亲说，生产队一帮人都去分水坳剥皮，你爸也去，帮你挣点学费回来。我说，妈，我也想去。打点行装准备出发的父亲听了，说，你去干什么？那是在山里钻，你以为是个好活路？我说，我要去，再苦我也不怨谁。母亲见我去意已决，帮我找来那双皮凉鞋。那是我在怀化六中读高一的深秋父亲买给我的。天气刺骨的早晨，我常常穿着那双现在看来应该是用轮胎皮剪成的打了几个孔串着一根橡皮筋的凉鞋，踩着体育老师的口哨声，羚羊般地跳跃在学校铺满煤渣的操坪里。绑着脚帮子弹性十足的橡皮筋，随着我步伐的加快，很不听使唤，一松一拉，欲跑不能。我几次翘着屁股蹲在跑道边系橡皮筋，后面跑过来的同学，弹跳力好的就当我如鞍马，从我背上跳过去，弹跳力不怎么样的一个女同学刹不住她那奔腾的脚步，一把扑倒在我背上，这自然就有点类似于现在的高速公路上突发的一起交通事故，一个一个追尾，重重地压在我身上。满脸络腮胡寒冬腊月穿背心的体育老师立马跑过来，瞪着他那双眼角留有明显疤痕的眼，问：怎么了？我从"鱼"堆里爬起来，按着我膝盖骨上那块破皮，解释说：我鞋带子松了。体育老师说，绑紧点，继续跑！现在，母亲递给我的这双皮凉鞋，橡皮筋带子已经换了两根，穿上它，我要跟随我的父亲去分水坳剥树皮。同去的还有村里的友保爷、刚崽叔、眨巴眼叔和他的儿子周南早。路过我们新建公社时，虽然看到有班车往分水坳方向跑，但那时坐班车是一件不容易的事。父亲一行包括我，都没有坐车的意思。我们从村里出发，到达分水坳时，已经日落西山。分水坳的山窝子里有一栋小木楼，它是公路段工作人员的住房。分水坳的山就在四面耸立着，像几扇大门板。走了一天的路，个个都不想上山了。大人们开始汇合着各家带来的米、油和菜，他们在忙活着晚餐。父亲只带了两碗黄豆和几斤大米，友保爷带了腌菜和辣椒，刚崽叔提了半瓶菜油，眨巴眼叔背来的全是米。我们吃着香喷喷的黄豆在分水坳的山间小屋里等待着黑夜。没有被窝，我们躺在楼板上畅想着山里的明天。周南早比我大五岁，我们原本有着共同话语。但我俩睡在一头，却没多少可说。周南早睡了一阵就去刚崽叔那里讨烟抽，抽完烟刚躺下，又翻起身说：这楼板上真不好睡，又没个枕头。看来，周南早习惯于睡枕头。周南早蹦咚蹦咚从楼下弄来一捆细竹枝。还分给我一大把，让我当枕头用。刚崽叔的呼噜声比山弯里汽车的过路声还要吵人。凭感觉，就我一人没睡着。我努力强迫自己马上入睡。越是这么想，就越睡不着。我已经考虑到这样下去的后果了：小楼背后的盘山公路上，不知道摔死多少人。每年，这里都会发生几起死人的翻车事故。我不是担心楼背后盘旋的夜行汽车滚下来砸倒这个小木楼，而是担心那些死掉的冤魂顺着楼梯爬上来，闪进我们的房间。我用一件外衣把自己的头包裹得紧紧的，特别是耳朵，我已经把它们塞得严严实实。我不想听到任何动静。那一夜，我终身难忘。大人们起得很早，都没有刷牙的习惯。我也只好将就了。我在洗脸时，发现我的后脑壳不对劲，用手一摸，微微地痛。周南早跑过来，翻了翻我的头发，笑着说：哈哈，你的脑壳被竹枝给睡肿了！这也难怪，后半夜的那场梦，我梦见我和一头牛打架，脑袋对脑袋，一个劲地冲。分水坳的山林到处充满了玄机。我拖着柴刀满山遍野找那种皮树。沾了些水的皮凉鞋格外地滑，我几次踩着那双皮凉鞋滑倒在树丛里。在我走过的丛林中，父亲很快就发现了那种皮树。父亲一刀砍下去，抽出一棵拇指大的树说：这就是皮树。然后，父亲像剥蛇皮一般将那树皮一抽，从头到尾，一根完整的树皮就被剥了出来，剩下的树干，光溜溜的，活像一个人彻底裸了身子。四天半时间的山里爬行，我们每个人收获了一担树皮。我们要回家了！我的心情是喜悦的，但当我把那担树皮挑在肩上时，我又惶恐起来：要把它挑回去，我宁愿解几道立体几何。货车、客车不时从怀化方向盘山而下。我们多么希望哪位好心司机将车停下来，允许我们统统爬上去，一路搭到公社门口。那等于我们少走了五分之三的路。友保爷早就有这个想法。他怂恿着刚崽叔把他那担树皮摆在公路中央。真的下来了一辆大货车，摇摇晃晃的，后面扬着一扇浓浓的尘土。都在心里巴望着这个货车司机车到树皮担子的当儿停下来，哪怕是把车速放慢些。但是不了，货车司机仿佛早就预料到我们这帮人有阴谋，他把油门一踩，猛虎般地奔过去。我们被货车卷起的灰尘呛得咳嗽不已。跑过去一看，刚崽叔路中央的那担树皮，藤索已被压破，散了一地。大家都笑了。刚崽叔一边整理着他的树皮，一边朝友保爷骂：你以为你是县长，告诉你搭不到就搭不到，害得我的担子被压破了。太阳照着我们一行挑担人，把我们的影子时而挂在公路旁，时而挂在草丛边和田道里。过了新建公社，过了四卧龙大队，离我的家乡穷天生产队可就不远了。停歇在杉木坳的青石板上，对面山头就有人喊：德崽哥，你考上中专了！我告诉姗姗来迟的父亲，说：爸，我考上中专了。父亲的嘴角动了动，眼泪就出来了。他说：这下好了，我们这个山弯里终于出了个吃国家粮的了！友保爷、眨巴眼叔、刚崽叔听到这消息，个个都很感动。他们说：呆在这山弯里有什么好呢，有多远，走多远！是的，我应该走出去。

## 二

1986 年 5 月 18 日，我们怀化籍的十五个学生从湖南省银行学校毕业出来（同班同学王武平因为屁股上长了一个包，在省城一家医院动手术，没有一起回），我们集体到怀化地区农行人事科报到。怀化地区农行真是个有树有水的快乐家园。办公楼后面有一块桔园，桔花清香扑鼻。桔树环绕着一个椭圆形的池塘，有成群结队的鱼在游动。一座两边带了扶栏的小拱桥横跨中央，有点大观园的感觉。我们十几个真的像《红楼梦》里的刘姥姥进大观园，在这里包吃包住两天。而后，人事科的领导一个一个找我们谈话。原则上，哪里来，哪来去。轮到我去面谈了。人事科的领导问：你是哪里人？我说我就是怀化市的（当时的怀化市还只是怀化地区的一个县级市）。领导就说：那就照顾一下你吧，回你的怀化市去。我试探性地而又异常渴望地问：领导，可不可以把我安排在这里呢？我本来还想说，我太喜欢这里了，这里有桔树，有鱼池，有香喷喷的馒头和可口的稀饭。

领导似乎猜出了我的想法，他语重心长地说：不可以的，到银行工作，首先就要熟悉柜台业务，不熟悉柜台业务，将来怎么搞管理呢？领导说的也是。我仿佛领悟到了跨入社会大门的真谛。1986 年 6 月 14 日，我从家里背了一床棉被，提了一口红漆木箱，找到了怀化市农行。一个大肚子女人扶着她的圆肚皮在一旁笑。也许她是笑我在那种天气背一床棉被实在不知天高地厚。我满头大汗去问那个大肚子女人：同志，人事股在几楼？她搂着肚皮说：三楼，最当头那两间。来到人事股，接待我的是一位身材苗条的大姐。大姐问：你找谁？我说我找人事股。大姐说：这里就是，有什么事吗？我放下红木箱和棉被，把口袋里那张地区农行开给的介绍信交给她。她"哦"了一声，就去了隔壁。不多久，那位大姐过来说，你跟我来。我跟她来到隔壁办公室。里面有两个人，坐着的那个中年男人，牙床不宽，嘴形很像妇女。站在一旁的那个身材瘦高、腰有些驼的男人正在抽烟，他用他宽大翻卷的嘴朝我笑。大姐指着坐着的那个男人向我介绍：他就是我们人事股谭股长。谭股长拉动着他的妇女嘴，对我微笑。而后，谭股长又向我介绍起他旁边站立的那位高瘦男人，说：这位是唐主任，信用联社主任。谭股长摊开了我带来的介绍信，开门见山地说：小杨呀，你是科班出身，能来我们支行工作，我们表示热烈欢迎！谭股长的话真像一丝凉爽的风，吹得我周身爽滋滋的。我像见了恩人一样，一个劲点头。但是，谭股长有"但是"，我立即控制住自己的喜悦情绪，耐心听。谭股长的"但是"说得很明了：支行已经满员，必须下基层锻炼，地点有两个，一个是嵩吉坪，一个是铁坡。问我想去哪。从字面上理解，嵩吉坪带"坪"字，条件应该好些，铁坡有个"坡"字，肯定是个大山坡。我当然选嵩吉坪了。站在一旁的联社唐主任哈哈大笑，说：我就知道你会挑嵩吉坪，其实，嵩吉坪比铁坡的山还要高，我以前就在嵩吉坪工作过。谭股长也笑了。我被取地名的古人们带了一个"笼子"，我钻进去了。我有点左右为难。谭股长真是个大好人。他说：还是去铁坡吧，你毕竟在长沙读了两年书。这样吧，今天是十四号，你现在就去上班，可以拿一个月工资，我要支行的车把你送到汽车站，再给铁坡营业所打个电话，四个半小时，下午四点多就会到。"铁坡，铁坡，像骆驼，出门就爬坡。"在那个用水困

209

难、用电不正常的环境里，我学会了寂寞。因为一篇豆腐大的小文章，我博得了支行刘序雁行长的青睐，又因为我喜欢夜间无休止地练算盘，我被漂亮女股长蒋桂英相中。一年零一个月的时间，我离开了铁坡，在支行干起了会计行当。在算盘开始被电脑所取代的 1990 年，我跨进了与文字为伍的办公室秘书岗，和我格外尊敬的杨英武主任共把全行文字关。

## 三

1995 年春暖花开的一天，怀化地区农行管人事的向继嵩副行长神神秘秘地把我叫到他办公室。关上门，很严肃地说：小杨呀，你有较强的文字能力，鉴于你在地区农行办公室三年来的表现，经行党委研究，决定提拔你为办公室副主任。我当时真的懵了。我说：向行长，你还是暂时别提拔我吧，我怕我胜任不了。向行长说，你就别谦虚了，年轻人，好好干吧。我诚惶诚恐地下楼。我当官了！是个副主任！我把我当办公室副主任的消息告诉给了我的乡下父亲。父亲在年关的时候挑来两条大猪腿，一定要我去感谢我的行长们。我说：这样不好吧，多丑人呀。父亲说：领导栽培你，送一条猪腿，就犯法了？当然不犯法！猪是我家自养的，就当领导是我的亲人。在我的感受中，官这东西，其实只是一种责任，意味着更多付出，做更大牺牲。我要感谢当年的老领导向光鹏行长和向继嵩副行长。只要把本职工作做好了，就是对领导的最好报答。我一直都是这么想的。

## 四

苦难、艰辛、伤痛、愤慨、狂妄、贪婪、忠诚、喜悦等等，都是人间生活不可或缺的部分。谁都无法抹杀它。文学创作就应该用质朴的文字去串联、去组合、去妆扮、去提炼那生生不息的人间生活，将过往生活里的"血液"抽出来，去浇灌、去培育我们的精神"花朵"。感谢生活给予我苦痛和快乐，感谢生活给我演示的那一幕幕，当然，还要感谢我的父母，是他们给了我一个想入非非的大脑。

# 五

　　当年我去怀化市农行报到时所遇见的那个大肚女人，她的儿子如今已成了一所大学的美术教师。他在用手里的画笔描绘属于他的人间情感。"升沉应已定，不必问君平。"2020 年 10 月 1 日那一天，我五十五岁。我可以安稳地退休，启发我的下下一代。"生者为过客，死者为归人。"我要充满希望地走向我的人生暮年，再快快乐乐地死去。我只是这个世界的客人。谁都这样。

# 创作年表

## （主要作品）

**1991 年**

在《湖南税务报》副刊发表小小说处女作《真假之间》。

**1993 年**

参加中国农业银行总行《金潮》文学杂志社在天津举办的"文学创作研讨班"，天津作家冯骥才、吴若增先生授课；

作品《英雄泪》获全国级奖。

**1995 年**

在《湖南税务报》副刊推出个人专版"杨崇德小说数题"；作品《结局》入选湖南文学杂志社编辑的《文坛新人三百家》。

**1996 年**

在《太阳》杂志上推出"杨崇德小小说专辑"，共六题；作品《马老师和他的家属》被辽宁剧作家改编成"轻型音乐剧"，登场演出。

**1997 年**

作品《停水》被绘画家崔钢兵先生改编成连环画，刊发于《中国连环画》杂志；被《微型小说选刊》选为"当代微型小说百家"之一，杂志封二作"重点作家"推荐；被怀化电视作为文学新秀，作专题访谈；作品

《官疗》获省级奖。

## 1998 年
加入湖南省作家协会。

## 1999 年
作品《康伯卖狗》《打工仔》《病》入选百花洲文艺出版社出版的《微型小说三百篇》。

## 2000 年
作品被《微型小说选刊》列为"名家新作"。杂志封二作"名家推荐"。

## 2001 年
作品《雾山奇案》获全国级奖；在湖南省作家协会主办的《作家与社会》中刊发个人专辑作品，共四题。

## 2002 年
作品《刀尖上的笑》入选《当代小小说名家珍藏》一书；作品《麻木》获全国级奖。

## 2003 年
作品《□○》获全国级奖；作品《哭泣的晚餐》入选《2003 中国年度最佳小小说》一书；开始长篇小说《城市里的农民》创作。

## 2005 年
作者被《微型小说选刊》杂志重点推荐，杂志封二作"人物介绍"；作品《在我们回城的那个晚上》入选《2005 年中国微型小说精选》一书；

作品《农民兄弟》在第三届全国微型小说年度评选中获奖。

## 2006 年

作品《唐山往事》入选"纪念唐山抗震三十周年专题——唐山大地震文学一瞥";作品《这孩子干吗要像我》《追贼》入选《2006 年中国微型小说精选》一书。

## 2007 年

作品《打工仔》《疯宴》等被黄冈中学等全国 10 余所重点高中选为高三语文冲刺考题。

## 2009 年

作品《打工仔》入选《散文诗歌阅读锦囊（高中）》《中国小小说 300篇》等书;作品《寻找父亲》入选《中学生必读的 100 篇情感小小说》一书;作品《软绵绵的夏天》入选《中国当代小小说大系》第四卷;作品《请"拉"》收入《当代优秀短篇小说集》一书。

## 2010 年

《妻子不在家的夜晚》入选《中国新文学大系》（1976—2000）《微型小说卷》。